U0679317

我爱中国

——闻一多励志文选

闻一多　著

中华工商联合出版社

图书在版编目（CIP）数据

我爱中国：闻一多励志文选 / 闻一多著；穆洛编
. --北京：中华工商联合出版社，2014.9
ISBN 978-7-5158-1072-0

Ⅰ. ①我… Ⅱ. ①闻… ②穆… Ⅲ. ①闻一多（
1899～1946）—选集 Ⅳ. ①I216.2

中国版本图书馆 CIP 数据核字（2014）第 210265 号

我爱中国
——闻一多励志文选

作　　者：闻一多
出 品 人：徐　潜
策划编辑：魏鸿鸣
责任编辑：林　立　崔红亮
封面设计：周　源
责任审读：郭敬梅
责任印制：迈致红
出版发行：中华工商联合出版社有限责任公司
印　　刷：天津旭丰源印刷有限公司
版　　次：2014 年 12 月第 1 版
印　　次：2023 年 4 月第 4 次印刷
开　　本：710mm×1020mm　1/16
字　　数：200 千字
印　　张：16
书　　号：ISBN 978-7-5158-1072-0
定　　价：59.80元

服务热线：010－58301130
销售热线：010－58302813
地址邮编：北京市西城区西环广场 A 座
19－20 层，100044
http://www.chgslcbs.cn
E-mail：cicap1202@sina.com（营销中心）
E-mail：gslzbs@sina.com（总编室）

序

为了给《传世励志经典》写几句话，我翻阅了手边几种常见的古今中外圣贤大师关于人生的书，大致统计了一下，励志类的比例，确为首屈一指。其实古往今来，所有的成功者，他们的人生和他们所激赏的人生，不外是：有志者，事竟成。

励志是动宾结构的词，励是磨砺，志是志向，放在一起就是磨砺志向。所以说，励志不是简单的立志，是要像把刀放在石头上磨才能锋利一样，这个磨砺，也不是轻而易举地摩擦一下，而是要下力气的，对刀来说，不仅要把自身的锈磨掉，还要把多余的部分都要毫不留情地磨掉，这简直是一场磨难。所有绚丽的人生都是用艰难磨砺成的，砥砺生命放光华。可见，励志至少有三层意思：

一是立志。国人都崇拜的一本书叫《易经》，那里面有一句话说：天行健，君子以自强不息。这是一种天人合一的理念，它揭示了自然界和人类发展演化的基本规律，所以一切圣贤伟人无不遵循此道。当然，这里还有一个立什么样的志的问题，孔子说：士不可以不弘毅，任重而道远。古往今来，凡志士仁人立的都是天下家国之志。李白说：大丈夫必有四方之志，白居易有诗曰：丈夫贵兼济，岂独善一身，讲的都是这个道理。

二是励志。有了志向不一定就能成事，《礼记》里说：玉不琢，不成器。因为从理想到现实还有很大的距离。志向须在现实的困境中反复历练，不断考验才能变得坚韧弘毅，才能一步一个脚印地逐步实现。所以拿破仑说：真正之才智乃刚毅之志向。孟子则把天将降大任于斯人描述得如此艰难困苦。我们看看历代圣贤，从三大宗的创始人耶稣、默哈穆德、释迦牟尼到孔夫子、司马迁、孙中山，直至各行各业的精英，哪一个不是历经磨难终成大业，哪一个不是砥砺生命放射出人生的光芒。

三是守志。无论立志还是励志都不是一朝一夕、一蹴而就的，它贯穿了人的一生，无论生命之火是绚丽还是暗淡，都将到它熄灭的最后一刻。所以真正的有志者，一方面存矢志不渝之德，另一方面有不为穷变节、不为贱易志之气。像孟子说的那样：富贵不能淫、贫贱不能移、威武不能屈。明代有位首辅大臣叫刘吉，他说过：有志者立长志，无志者常立志，这话是很有道理的。

话说回来，励志并非粘贴在生命上的标签，而是融汇于人生中一点一滴的气蕴，最后成长为人的格调和气质，成就人生的梦想。不管你做哪一行，有志不论年少，无志空活百年。

这套《传世励志经典》共收辑了100部图书，包括传记、文集、选辑。为励志者满足心灵的渴望，有的像心灵鸡汤，营养而鲜美；有的就是萝卜白菜或粗茶淡饭，却是生命之必需。无论直接或间接，先贤们的追求和感悟，一定会给我们带来生命的惊喜。

徐　潜

2014年5月16日

前　言

闻一多，出生于 1899，本名闻家骅，字友三，诗人、学者，湖北黄冈人。中国现代伟大的爱国主义者，新月派代表诗人。代表作有《红烛》、《死水》等。1946 年遇害身亡。

本书是以培养青少年的爱国情怀作为出发点，收录了闻一多经典作品，内容包括诗歌、散文和讲演稿，风格炙热浓烈、沉郁顿挫，生动再现了一位民主战士的光辉形象。

闻一多作为中国现代史上著名的爱国诗人，以其独具特色的诗而闻名于世。他的作品感情深厚热烈、艺术形式精美。在内容上具有极强烈的民族意识和民族气质，爱国主义精神体现得淋漓尽致。从他的行事作风、文学作品方面都反映出他是一个同情劳苦大众、不畏强权、敢于与反动势力决裂、抗争的爱国爱民的人，并从爱国爱民的真情出发，表现出对黑暗现实的厌恶，对美好未来的憧憬。最后闻一多又用自己的生命谱就了一首最可歌可泣的爱国篇章。

就像无数的爱国者一样，作为诗人、学者、战士的闻一多，爱国主义思想贯穿他的一生。朱自清称颂闻一多时写到：“你是一团火，照彻了深渊；指示着青年，失望中抓住自我。……你是一团火，照亮了魔鬼；烧毁了自己！遗烬里爆出个新中国！”充分展现这位伟大的爱国者的精神品质和风貌，使其深沉、热烈的爱国主义精神跃然纸上。

阅读闻一多的作品，应该学习他那“说”和“做”一致、表里如一的高尚人格和他锲而不舍的钻研精神；应该学习他那真挚浓烈、火热激荡的爱国主义情怀，努力将自己对祖国的情感进一步升华，怀抱一颗为早日实现中国梦而努力学习和工作的心。希望读者通过本书的阅读能有所收获。

编　者

目　录

诗　歌

文 章

诗　　歌

玄　思

在黄昏的沉默里，
从我这荒凉的脑子里，
常进出些古怪的思想，
不伦不类的思想；

仿佛从一座古寺前的
尘封雨渍的钟楼里，
飞出一阵猜怯的蝙蝠，
非禽非兽的小怪物。

同野心的蝙蝠一样，
我的思想不肯只爬在地上，
却老在天空里兜圈子，
圆的，扁的，种种的圈子。

我这荒凉的脑子

在黄昏的沉默里，
常迸出些古怪的思想，
仿佛同些蝙蝠一样。

睡　者

灯儿灭了，人儿在床；
月儿的银潮
沥过了叶缝，冲进了洞窗，
射到睡觉的双靥上，
跟他亲了嘴儿又偎脸，
便洗净一切感情的表象，
只剩下了如梦幻的天真，
笼在那连耳目口鼻
都分不清的玉影上。

啊！这才是人的真色相！
这才是自然的真创造！
自然只此一副模型；
铸了月面，又铸人面。

哦！但是我爱这睡觉的人，

他醒了我又怕他呢！
我越看这可爱的睡容，
想起那醒容，超发可怕。
啊！让我睡了，躲脱他的醒罢！
可是瞌睡象只秋燕，
在我眼帘前掠了一周，
忽地翻身飞去了，
不知几时才能得回来呢？

月儿，将银潮密密地酌着！
睡觉的，撑开枯肠深深地喝着！
快酌，快喝！喝着，睡着！
莫又醒了，切莫醒了！
但是还响点擂着，鼾雷！
我只爱听这自然的壮美的回音，
他警告我这时候
那人心宫的禁闼大开，
上帝在里头登极了！

太平洋舟中见一明星

鲜艳的明星哪！
太阴的嫡裔，
月儿同胞的小妹——
你是天仙吐出的玉唾，
溅在天边？
还是鲛人泣出的明珠，
被海涛淘起？

哦！我这被单调的浪声
摇睡了的灵魂，
昏昏睡了这么久，
毕竟被你唤醒了哦，
灿烂的宝灯啊！
我在昏沉的梦中，
你将我唤醒了，
我才知道我已离了故乡，

贬斥在情爱的边徼之外——
飘簸在海涛上的一枚钓饵。

你又唤醒了我的大梦——
梦外包着的一层梦！
生活呀！苍茫的生活呀！
也是波涛险阻的大海哟！
是情人的眼泪的波涛，
是壮士的血液的波涛。

鲜艳的星，光明的结晶啊！
生命之海中的灯塔！
照着我罢！照着我罢！
不要让我碰了礁滩！
不要许我越了航线；
我自要加进我的一勺温泪，
教这泪海更咸；
我自要倾出我的一腔热血，
教这血涛更鲜！

宇 宙

宇宙是个监狱，
但是个模范监狱；
他的目的在革新，
并不在惩旧。

梦 者

假如那绿晶晶的鬼火
是墓中人的
梦里迸出的星光，
那我也不怕死了！

渔阳曲

白日的光芒照射着朱梦，
丹墀上默跪着双双的桐影。
宴饮的宾客坐满了西厢，
高堂上虎踞着他们的主人，
高堂上虎踞着威严的主人。
  丁东，丁东，
  沉默弥漫了堂中，
  又一个鼓手，
  在堂前奏弄，
  这鼓声与众不同。
    丁东，丁东，
  听！你可听得懂？
  听！你可听得懂？

银琖玉碟——尝不遍燕脯龙肝，
鸬鹚勺子泻着美酒如泉……

杯盘的交响闹成铿锵一片，
笑容堆皱在主人的满脸——
啊，笑容堆皱了主人的满脸。
　　丁东，丁东，
　这鼓声与众不同——
　　它清如鹤唳，
　　它细似吟蛩；
　这鼓声与众不同。
　　丁东，丁东，
　听！你可听得懂？
　听！你可听得懂？

你看这鼓手他不像是凡夫，
他儒冠儒服，定然腹有诗书；
他宜乎调度着更幽雅的音乐，
粗笨的鼓棰不是他的工具，
这双鼓棰不是这手中的工具！
　　丁东，丁东，
　这鼓声与众不同——
　　像寒泉注涧，
　　像雨打枯桐；
　这鼓声与众不同。
　　丁东，丁东，
　听！你可听得懂？
　听！你可听得懂？

你看他敲着灵鼍鼓，两眼朝天，
你看他在庭前绕一道长弧线，
然后徐徐地步上了阶梯，
一步一声鼓，越打越酣然——
啊，声声的叠鼓，越打越酣然。
　　丁东，丁东，
　这鼓声与众不同——
　　陡然成急切，
　　忽又变沉雄；
　　这鼓声与众不同。
　　丁东，丁东，
　　不同，与众不同！
　　不同，与众不同！
坎坎的鼓声震动了屋宇：
他走上了高堂，便张目四顾，
他看见满堂缩瑟的猪羊，
当中是一只磨牙的老虎。
他偏要撩一撩这只老虎。
　丁东，丁东，
　这鼓声与众不同；
　　这不是颂德，
　　也不是歌功；
　这鼓声与众不同。
　丁东，丁东，
不同，与众不同！
不同，与众不同！

他大步地跨向主人的席旁，
却被一个班吏匆忙地阻挡；
“无礼的奴才！”这班吏吼道，
“你怎不穿上号衣，就往前瞎闯？
你没穿号衣，就往这儿瞎闯？”
　丁东，丁东，
　这鼓声与众不同——
　　分明是咒诅，
　　显然是嘲弄；
　这鼓声与众不同。
　　丁东，丁东，
　听！你可听得懂？
　听！你可听得懂？

他领过了号衣，靠近栏杆，
次第的脱了皂帽，解了青衫，
忽地满堂的目珠都不敢直视，
仿佛看见猛烈的光芒一般，
仿佛他身上射出金光一般。
　丁东，丁东
　这鼓手与众不同；
　他赤身露体，
　他声色不动；
　这鼓手与众不同。
　丁东，丁东
　真个与众不同！

真个与众不同！

满堂是恐怖，满堂是惊讶，
满堂寂寞——日影在石栏杆下；
飞起了翩翩一只穿花蝶，
洒落了疏疏几点木犀花，
庭中洒下了几点木犀花。
丁东，丁东
这鼓手与众不同——
莫不是湎醉？
莫不是癫疯？
这鼓手与众不同。
丁东，丁东
定当与众不同！
定当与众不同！

苍黄的号褂，露出一只赤臂，
头颅上高架着一顶银盔，
他如今换上了全副的装束，
如今他才是一个知礼的奴才，
他如今才是个知礼的奴才。
丁东，丁东，
这鼓声与众不同——
像狂涛打岸，
像霹雳腾空；
这鼓声与众不同。

丁东，丁东，
不同，与众不同！
不同，与众不同！

他在主人的席前左右徘徊，
鼓声愈渐激昂，越加慷慨；
主人停了玉杯，住了象箸，
主人的面色早已变作死灰，
啊，主人的面色为何变作死灰？
丁东，丁东，
这鼓声与众不同——
擂得你胆寒，
挝得你发耸；
这鼓声与众不同。
丁东，丁东，
不同，与众不同！
不同，与众不同！

猖狂的鼓声在庭中嘶吼，
主人的羞恼哽塞在咽喉，
主人将唤起威风，呕出怒火，
谁知又一阵鼓声扑上心头，
把他的怒火扑灭在心头。
丁东，丁东，
这鼓声与众不同——
像鱼龙走峡，

像兵甲交锋；
这鼓声与众不同。
丁东，丁东，
不同，与众不同！
不同，与众不同！

堂下的鼓声忽地笑个不止，
堂上的主人只是坐着发痴；
洋洋的笑声洒落在四筵，
鼓声笑破了奸雄的胆子——
鼓声又笑破了主人的胆子！
丁东，丁东
这鼓手与众不同——
席上的主人
一动也不动；
这鼓手与众不同。
丁东，丁东
定当与众不同！
定当与众不同！

白日的残辉绕过了雕楹，
丹墀上没有了双双的桐影。
无聊的宾客坐满了两厢，
高堂上呆坐着他们的主人，
高堂上坐着丧气的主人。
丁东，丁东

这鼓手与众不同——
　惩斥了国贼，
　庭辱了枭雄；
　这鼓手与众不同。
　丁东，丁东
　真个与众不同！
　真个与众不同！

闻一多先生的书桌

忽然一切的静物都讲话了，
　　忽然间书桌上怨声腾沸：
墨盒呻吟道“我渴得要死!”
　　字典喊雨水渍湿了他的背；

信笺忙叫道弯痛了他的腰；
　　钢笔说烟灰闭塞了他的嘴，
毛笔讲火柴烧秃了他的须，
　　铅笔抱怨牙刷压了他的腿；

香炉咕喽着“这些野蛮的书
　　早晚定规要把你挤倒了!”
大钢表叹息快睡锈了骨头；
　　“风来了！风来了!”稿纸都叫了；

笔洗说他分明是盛水的，

　　怎么吃得惯臭辣的雪茄灰；
桌子怨一年洗不上两回澡，
　　墨水壶说“我两天给你洗一回。”

“什么主人？谁是我们的主人？”
　　一切的静物都同声骂道，
“生活若果是这般的狼狈，
　　倒还不如没有生活的好！”

主人咬着烟斗咪咪的笑，
　　“一切的众生应该各安其位。
我何曾有意的糟蹋你们，
　　秩序不在我的能力之内。”

笑

朝日里的秋忍不住笑了——
笑出金子来了——
黄金笑在槐树上，
赤金笑在橡树上，
白金笑在白皮树上。

硕健的杨树，
裹着件拼金的绿衫，
一只手叉着腰，
守在池边微笑；
矮小的丁香
躲在墙脚下微笑。

白杨笑完了，
只孤零零地：
竖在石青色的天空里发呆。

成年了的栗叶，
向西风抱怨了一夜，
终于得了自由，
红着脸儿，
笑嘻嘻地脱离了故枝。

答　辩

挂彩的荣华我当不起，
没有圆光往我头上箍，
旌旗铙鼓不是我的份，
我道上不许用黄土铺，

不许矜骄镀我成金身，
我拒绝“成功”见我一面；
双手掀住挣扎的纷忙，
我猜着黎明，也不要看。

锦袍的庄严交给别人，
流汗的快乐得让给我。
上帝许我纯钢的意志，
要我锤出些惨淡的歌。

可是旌旗铙鼓我不要，

我道上不用黄土来铺，
挂彩的荣华我当不起，
那有圆光往我头上箍？

比　较

别人的春光歌舞着来，
鸟啼花发鼓舞别人的爱。
我们只有一春苦雨与凄风！
总是桐花暗淡柳惺忪；
我们和别人同不同？

我的人儿她不爱说话，
书斋里夜夜给我送烟茶。
别人家里灯光像是泼溶银，
吴歌楚舞不肯放天明——
我们怎能够比别人？

别人睡向青山去休息，
我们也一同走入黄泉里。
别人堂上的燕子找不着家，
飞到我们的檐前骂落花——
我们比别人差不差？

回来了

这真是说不出的悲喜交集——
滚滚的江涛向我迎来，
然后这里是青山，那里是绿水……
我又投入了祖国的慈怀！

你莫告诉我这里是遍体疮痍，
你没听见麦浪翻得沙沙响？
这才是我的家乡我的祖国：
打盹的雀儿钉在牛背上。

祖国呀！今天我分外的爱你……
风呀你莫吹，浪呀你莫涌，
让我镇定一会儿，镇定一会儿；
我的心儿他如此的怔忡！

你看江水俨然金一般的黄，

千樯的倒影蠕在微澜里。
这是我的祖国，这是我的家乡，
别的且都不必提起。

今天风呀你莫吹，浪呀你莫涌。
我是刚才刚才回到家。
祖国呀，今天我们要分外亲热；
请你有泪儿今天莫要洒。

这真是说不出的悲喜交集；
我又投入了祖国的慈怀。

你看船边飞着簸谷似的浪花，
天上飘来仙鹤般的云彩。

忏悔

啊！浪漫的生活啊！
是写在水面上的个“爱”字，
一壁写着，一壁没了；
白搅动些痛苦的波轮。

大鼓师

我挂上一面豹皮的大鼓，
　我敲着它游遍了一个世界，
我唱过了形形色色的歌儿，
　我也听饱了喝不完的彩。

一角斜阳倒挂在檐下，
　我蹑着芒鞋，踏入了家村。
“咱们自己的那只歌儿呢？”
　她赶上前来，一阵的高兴。

我会唱英雄，我会唱豪杰，
　那倩女情郎的歌，我也唱，
若要问到咱们自己的歌，
　天知道，我真说不出的心慌！

我却吞下了悲哀，叫她一声，

“快拿我的三弦来，快呀快！
这只破鼓也忒嫌闹了，我要
那弦子弹出我的歌儿来。”

我先弹着一群白鸽在霜林里，
珊瑚爪儿踩着黄叶一堆；
然后你听那秋虫在石缝里叫，
忽然又变了冷雨洒着柴扉。

洒不尽的雨，流不完的泪，……
我叫声“娘子”！把弦子丢了，
“今天我们拿什么作歌来唱？
歌儿早已化作泪儿流了！
“怎么？怎么你也抬不起头来？
啊！这怎么办，怎么办！……
来！你来！我兜出来的悲哀，
得让我自己来吻它干。

“只让我这样呆望着你，娘子，
象窗外的寒蕉望着月亮，
让我只在静默中赞美你。
可是总想不出什么歌来唱。

“纵然是刀斧削出的连理枝，
你瞧，这姿势一点也没有扭。
我可怜的人，你莫疑我，

　　我原也不怪那挥刀的手。

“你不要多心，我也不要问，
　　山泉到了井的，还往那里流？
我知道你永远起不了波澜，
　　我要你永远给我润着歌喉。

“假如最末的希望否认了孤舟，
　　假如你拒绝了我，我的船坞！
我战着风涛，日暮归来，
　　谁是我的家，谁是我的归宿？

“但是，娘子啊！在你的尊前，
　　许我大鼓三弦都不要用；
我们委实没有歌好唱，我们
　　既不是儿女，又不是英雄！”

我是一个流囚

我是个年壮力强的流囚，
我不知道我犯的是什么罪。

黄昏时候，
他们把我推出门外了，
幸福的朱扉已向我关上了，
金甲紫面的门神
举起宝剑来逐我；
我只得闯进缜密的黑暗，
犁着我的道路往前走。

忽地一座壮阁的飞檐，
象只大鹏的翅子
插在浮沤密布的天海上：
卐字格的窗棂里
泻出醺人的灯光，黄酒一般地酽；

哀宕淫热的笙歌，
被激愤的檀板催窘了，
螺旋似地锤进我的心房：
我的身子不觉轻去一半，
仿佛在那孔雀屏前跳舞了。

啊快乐——严懔的快乐——
抽出他的讥诮的银刀，
把我刺醒了；
哎呀！我才知道——
我是快乐的罪人，
幸福之宫里逐出的流囚，
怎能在这里随便打溷呢？
走罢！再走上那没尽头的黑道罢！
唉！但是我受伤太厉害；
我的步子渐渐迟重了；
我的鲜红的生命，
渐渐染了脚下的枯草！

我是个年壮力强的流囚，
我不知道我犯的是什么罪。

红　烛

蜡炬成灰泪始干

——李商隐

红烛啊！
这样红的烛！
诗人啊！
吐出你的心来比比，
可是一般颜色？

红烛啊！
是谁制的蜡——给你躯体？
是谁点的火——点着灵魂？
为何更须烧蜡成灰，
然后才放光出？
一误再误；
矛盾！冲突！

红烛啊！
不误，不误！
原是要“烧”出你的光来——
这正是自然的方法。

红烛啊！
既制了，便烧着！
烧罢！烧罢！
烧破世人的梦，
烧沸世人的血——
也救出他们的灵魂，
也捣破他们的监狱！
红烛啊！
你心火发光之期，
正是泪流开始之日。

红烛啊！
匠人造了你，
原是为烧的。
既已烧着，
又何苦伤心流泪？
哦！我知道了！
是残风来侵你的光芒，
你烧得不稳时，
才着急得流泪！

红烛啊！
流罢！你怎能不流呢？
请将你的脂膏，
不息地流向人间，
培出慰藉的花儿，
结成快乐的果子！

红烛啊！
你流一滴泪，灰一分心。
灰心流泪你的果，
创造光明你的因。

红烛啊！
“莫问收获，但问耕耘。”

剑匣[1]

I built my soul a lordly pleasure-house,
Wherein at ease for aye to dwell.
……
And "While the world runs round and round" I said,
"Reign thou apart, a quiet king,
Still as, while Saturn whirls, his steadfast shade
Sleeps on his luminous ring."

To which my soul made answer readily:
"Trust me in bliss I shall abide
In this great mansion, that is built for me ,
So royal-rich and Wide".

——Tennyson

① 此诗引自英国诗人丁尼生《艺术的宫殿》。

在生命的大激战中，
我曾是一名盖世的骁将。
我走到四面楚歌的末路时，
并不同项羽那般顽固，
定要投身于命运的罗网。
但我有这绝岛作了堡垒，
可以永远驻扎我的退败的心兵。
在这里我将养好了我的战创，
在这里我将忘却了我的仇敌。

在这里我将作个无名的农夫，
但我将让闲惰的芜蔓
蚕食了我的生命之田。
也许因为我这肥泪的无心的灌溉，
一旦芜蔓还要开出花来呢？
那我就整日徜徉在田塍上，
饱喝着他们的明艳的色彩。
我也可以作个海上的渔夫：
我将撒开我的幻想之网。
在寥阔的海洋里；
在放网收网之间，
我可以坐在沙岸上做我的梦，
从日出梦到黄昏……
假若撒起网来，不是一些鱼虾，
只有海树珊瑚同含胎的老蚌，
那我却也喜出望外呢。

有时我也可佩佩我的旧剑，
踱山进去作个樵夫。
但群松舞着葱翠的干戚，
雍容地唱着歌儿时，
我又不觉得心悸了。
我立刻套上我的宝剑，
在空山里徘徊了一天。
有时看见些奇怪的彩石，
我便拾起来，带了回去；
这便算我这一日的成绩了。

但这不是全无意识的。
现在我得着这些材料，
我真得其所了；
我可以开始我的工匠生活了，
开始修葺那久要修葺的剑匣。

我将摊开所有的珍宝，
陈列在我面前，
一样样的雕着，镂着，
磨着，重磨着……
然后将他们都镶在剑匣上，
用我的每出的梦作蓝本，
镶成各种光怪陆离的图画。

我将描出白面美髯的太乙

卧在粉红色的荷花瓣里，
在象牙雕成的白云里飘着。
我将用墨玉同金丝
制出一只雷纹镶嵌的香炉；
那炉上驻着袅袅的篆烟，
许只可用半透明的猫儿眼刻着。
烟痕半消未灭之处，
隐约地又升起了一个玉人，
仿佛是肉袒的维纳斯呢……
这块玫瑰玉正合伊那肤色了。

晨鸡惊耸地叫着，
我在蛋白的曙光里工作，
夜晚人们都睡去，我还作着工——
烛光抹在我的直陡的额上，
好像紫铜色的晚霞
映在精赤的悬崖上一样。

我又将用玛瑙雕成一尊梵像，
三首六臂的梵像，
骑在鱼子石的象背上。
珊瑚作他口里含着的火，
银线辫成他腰间缠着的蟒蛇，
他头上的圆光是块琥珀的圆壁。

我又将镶出一个瞎人

在竹筏上弹着单弦的古瑟。
(这可要镶得和王叔远的
桃核雕成的《赤壁赋》一般精细。)
然后让翡翠，蓝珰玉，紫石瑛，
错杂地砌成一片惊涛骇浪；
再用碎砾的螺钿点缀着，
那便是涛头闪目的沫花了。
上面再笼着一张乌金的穹窿，
只有一颗宝钻的星儿照着。

春草绿了，绿上了我的门阶，
我同春一块儿工作着：
蟋蟀在我床下唱着秋歌，
我也唱着歌儿作我的活。

我一壁工作着，一壁唱着歌：
我的歌里的律吕
都从手指尖头流出来，
我又将他制成层叠的花边：
有盘龙，对凤，天马，辟邪的花边，
又有各色的汉纹边
套在最外的一层边外。

若果边上还缺些角花，
把蝴蝶嵌进去应当恰好。
玳瑁刻作梁山伯，

璧玺刻作祝英台，
碧玉，赤瑛，白玛瑙，蓝琉璃，……
拼成各种彩色的凤蝶。
于是我的大功便告成了！
哦，我的大功告成了！
你不要轻看了我这些工作！
这些不伦不类的花样，
你该知道不是我的手笔，
这都是梦的原稿的影本。
这些不伦不类的色彩，
也不是我的意匠的产品，
是我那芜蔓的花儿开出来的。
你不要轻看了我这些工作哟！

哦，我的大功告成了！
我将抽出我的宝剑来——
我的百炼成钢的宝剑，
吻着他吻着他……
吻去他的锈，吻去他的伤疤；
用热泪洗着他，洗着他……
洗净他上面的血痕，
洗净他罪孽的遗迹；
又在龙涎香上熏着他，
熏去了他一切腥膻的记忆。
然后轻轻把他送进这匣里，
唱着温柔的歌儿，

催他快在这艺术之宫中酣睡。

哦，哦，我的大功告成了！
我的大功终于告成了！
人们的匣是为保护剑的锋铓，
我的匣是要藏他睡觉的。
哦，我的剑匣修成了，
我的剑有了永久的归宿了！

哦，我的剑要归寝了！
我不要学轻佻的李将军，
拿他的兵器去射老虎，
其实只射着一块僵冷的顽石。
哦，我的剑要归寝了！
我也不要学迂腐的李翰林，
拿他的兵器去割流水，
一壁割着，一壁水又流着。
哦！我的兵器只要韬藏，
我的兵器只要酣睡。
我的兵器不要斩芟奸横，
我知道奸横是僵冷的顽石一堆；
我的兵器也不要割着愁苦，
我知道愁苦是割不断的流水。

哦，我的大功告成了！
让我的宝剑归寝了！

我岂似滑头的汉高祖，
拿宝剑斫死了一条白蛇，
因此造一个谣言，
就骗到了一个天下？
哦！天下，我早已得着了啊！
我早坐在艺术的凤阙里，
像大舜皇帝，垂裳而治着
我的波希米亚的世界了啊！
哦！让我的宝剑归寝罢！
我又岂似无聊的楚霸王，
拿宝剑斫掉多少的人头，
一夜梦回听着恍惚的歌声，
忽又拥着爱姬，抚着名马，
提起原剑来刎了自己的颈？

哦！但我又不妨学了楚霸王，
用自己的宝剑自杀了自己。
不过果然我要自杀，
定不用这宝剑的锋铓。
我但愿展玩着这剑匣
展玩着我这自制的剑匣，
我便昏死在他的光彩里！

哦，我的大功告成了！
我将让宝剑在匣里睡着觉，
我将摩抚着这剑匣，

我将宠媚着这剑匣，
看着缠着神蟒的梵像，
我将巍巍地抖颤了，
看看筏上鼓瑟的瞎人，
我将号咷地哭泣了；
看看睡在荷瓣里的太乙，
飘在篆烟上的玉人，
我又将迷迷地嫣笑了呢！

哦，我的大功告成了！
我将让宝剑在匣里睡着。
我将看着他那光怪的图画，
重温我的成形的梦幻，
我将看着他那异彩的花边，
再唱着我的结晶的音乐。

啊！我将看着，看着，看着，
看到剑匣战动了，
模糊了，更模糊了
一个烟雾弥漫的虚空了……

哦，我看到肺脏忘了呼吸，
血液忘了流驶，
看到眼睛忘了看了。
哦！我自杀了！
我用自制的剑匣自杀了！
哦哦！我的大功告成了！

西 岸

"He has a lusty spring, when fancy clear Takes in all beauty within an easy span."

——keats[1]

这里是一道河，一道大河，
宽无边，深无底；
四季里风姨巡遍世界，
便回到河上来休息；
满天糊着无涯的苦雾，
压着满河无期的死睡。
河岸下酣睡着，河岸上
反起了不断的波澜，
啊！卷走了多少的痛苦！
淘尽了多少的欣欢！

① 英国著名诗人济慈。

多少心被羞愧才鞭驯，
一转眼被虚荣又煽癫！
鞭下去，煽起来，
又莫非是金钱的买卖。
黑夜哄着聋瞎的人马，
前潮刷走，后潮又挟回。
没有真，没有美，没有善，
更那里去找光明来！

但不怕那大泽里，
风波怎样凶，水兽怎样猛，
总难惊破那浅水芦花里
那些小草的幽梦——
一样的，有个人也逃脱了
河岸上那纷纠的樊笼。
他见了这宽深的大河，
便私心唤醒了些疑义：
分明是一道河，有东岸，
岂有没个西岸的道理？
啊！这东岸的黑暗恰是那
西岸的光明底影子。

但是满河无期的死睡，
撑着满天无涯的雾幕；
西岸也许有，但是谁看见？
哎……这话也不错。

“恶雾遮不住我，”心讲道，
“见不着，那是目的过！”
有时他忽见浓雾变得
绯样薄，在风翅上荡漾；
雾缝里又筛出些
丝丝的金光洒在河身上。
看！那里！可不是个大鼋背？
毛发又长得那样长。

不是的！倒是一座小岛
戴着一头的花草：
看！灿烂的鱼龙都出来
晒甲胄，理须桡；
鸳鸯洗刷完了，喙子
插在翅膀里，睡着觉了。
鸳鸯睡了，百鳞退了——
满河一片凄凉；
太阳也没兴，卷起了金练，
让雾帘重往下放：
恶雾瞪着死水，一切的
于是又同从前一样。

“啊！我懂了，我何曾见着
那美人的容仪？
但猜着蠕动的绣裳下，
定有副美人的肢体。

同一理：见着的是小岛，
猜着的是岸西。”

“一道河中一座岛，河西
一盏灯光被岛遮断了。”
这语声到处，是有些人
鹦哥样，听熟了，也会叫；
但是那多数的人
不笑他发狂，便骂他造谣。

也有人相信他，但还讲道：
“西岸地岂是为东岸人？
若不然，为什么要划开
一道河，这样宽又这样深？”
有人讲：“河太宽，雾正密。
找条陆道过去多么稳！”
还有人明晓得道儿
只这一条，单恨生来错——
难学那些鸟儿飞着渡，
难学那些鱼儿划着过，
却总都怕说得：“搭个桥，
穿过岛，走着过！”为什么？

雨　夜

几朵浮云，仗着雷雨的势力，
把一天的星月都扫尽了。
一阵狂风还喊来要捉那软弱的树枝，
树枝拼命地扭来扭去，
但是无法躲避风的爪子。

凶狠的风声，悲酸的雨声——
我一壁听着，一壁想着；
假使梦这时要来找我，
我定要永远拉着他，不放他走；
还剜出我的心来送他作贽礼，
他要收我作个莫逆的朋友。
风声还在树里呻吟着，
泪痕满面的曙天白得可怕，
我的梦依然没有做成。
哦！原来真的已被我厌恶了，
假的就没他自身的尊严吗？

雪

夜散下无数茸毛似的天花，
织成一件大氅，
轻轻地将憔悴的世界，
从头到脚地包了起来；
又加了死人一层殓衣。

伊将一片鱼鳞似的屋顶埋起了，
却总埋不住那屋顶上的青烟缕。
啊！缕缕蜿蜒的青烟啊！
仿佛是诗人向上的灵魂，
穿透自身的躯壳：直向天堂迈往。

高视阔步的风霜蹂躏世界，
森林里抖颤的众生争斗多时，
最末望见伊的白氅，
都欢声喊道：“和平到了，奋斗成功了！
这不是冬投降的白旗吗？”

黄　昏

太阳辛苦了一天，
赚得一个平安的黄昏，
喜得满面通红，
一气直往山洼里狂奔。

黑暗好比无声的雨丝，
慢慢往世界上飘洒……
贪睡的合欢叠拢了绿鬓，钩下了柔颈，
路灯也一齐偷了残霞，换了金花；
单剩那喷水池
不怕惊破别家的酣梦，
依然活泼泼地高呼狂笑，独自玩耍。

饭后散步的人们，
好像刚吃饱了蜜的蜂儿一窠，
三三五五的都往

马路上头，板桥栏畔飞着。
嗡……嗡……嗡……听听唱的什么——
　　是花色的美丑？
　　是蜜味的厚薄？
　　是女王的专制？
　　是东风的残虐？

啊！神秘的黄昏啊！
问你这首玄妙的歌儿，
这辈嚣喧的众生
谁个唱的是你的真义？

时间的教训

太阳射上床，惊走了梦魂。
昨日的烦恼去了，今日的还没来呢。
啊！这样肥饱的鹁声，
稻林里撞挤出来——
来到我心房酿蜜，
还同我的，万物的蜜心，
融合作一团快乐——
生命的唯一真义。

此刻时间望我尽笑，
我便合掌向他祈祷：“赐我无尽期！”
可怕！那笑还是冷笑；
那里？他把眉尖锁起，居然生了气。

“地得！地得！”听那壁上的钟声，
果同快马狂蹄一般地奔腾。

那骑者还仿佛吼着：
“尽可多多创造快乐去填满时间；
那可活活缚着时间来陪着快乐？”

印　象

一望无涯的绿茸茸的——
是青苔？是蔓草？是禾稼？是病眼发花？
只在火车窗口像走马灯样旋着。
仿佛死在痛苦的海里泅泳——
他的披毛散发的脑袋
在噤哑无声的绿波上漂着——
是簇簇的杨树林钻出禾面。

绿杨遮着作工的——神圣的工作！
骍红的赤膊摇着枯涩的辘轳，
向地母哀求世界的一线命脉。
白杨守着休息的——无上的代价！
孤零零的一座秃头的黄土堆，
拥着一个安闲，快乐，了无智识的灵魂，
长眠，美睡，禁止百梦的纷扰。
啊！神圣的工作！无上的代价！

快　乐

快乐好比生机：
生机的消息传到伊甸，
群花便立刻
披起五光十色的绣裳。

快乐跟我的
灵魂接了吻，我的世界
忽变成天堂，
住满了柔艳的安琪儿！

美与爱

窗子里吐出娇嫩的灯光——
两行鹅黄染的方块镶在墙上；
一双枣树的影子，像堆大蛇，
横七竖八地睡满了墙下。

啊！那颗大星儿！嫦娥的侣伴！
你无端绊住了我的视线；
我的心鸟立刻停了他的春歌，
因他听了你那无声的天乐。

听着，他竟不觉忘却了自己，
一心只要飞出去找你，
把监牢的铁槛也撞断了；
但是你忽然飞地不见了！

屋角的凄风悠悠叹了一声，

惊醒了懒蛇滚了几滚；
月色白得可怕，许是恼了？
张着大嘴的窗子又像笑了！

可怜的鸟儿，他如今回了，
嗓子哑了，眼睛瞎了，心也灰了；
两翅洒着滴滴的鲜血——
是爱的代价，美的罪孽！

回　顾

九年的清华的生活，
回头一看——
是秋夜里一片沙漠，
却露着一颗萤火，
越望越光明，
四围是迷茫莫测的凄凉黑暗。
这是红惨绿娇的暮春时节：
如今到了荷池——
寂静的重量正压着池水
连面皮也皱不动——
一片死静！
忽地里静灵退了，
镜子碎了，
个个都喘气了。
看！太阳的笑焰——一道金光，
滤过树缝，洒在我额上；
如今羲和替我加冕了，
我是全宇宙的王！

志 愿

马路上歌啸的人群
泛滥横流着，
好比一个不羁的青年的意志。

银箔似的溪面一意地
要板平他那难看的皱纹。
两岸的绿杨争着
迎接视线到了神秘的尽头——
原来那里是尽头？
是视线的长度不够！
啊！主呀！我过了那道桥以后，
你将怎样叫我消遣呢？
主啊！愿这腔珊瑚似的鲜血
染得成一朵无名的野花，
这阵热气又化些幽香给他，
好钻进些路人的心里烘着罢！

只要这样，切莫又赏给我
这一副腥秽的躯壳！
主呀！你许我吗？许了我罢！

失败

从前我养了一盆宝贵的花儿，
好容易孕了一个苞子，
但总是半含半吐的不肯放开。
我等发了急，硬是把他剥开了，
他便一天萎似一天，萎得不像样了。
如今我要他再关上不能了。
我到底没有看见我要看的花儿！

从前我做了一个稀奇的梦，
我总嫌他有些太模糊了，
我满不介意，让他震破了；
我醒了，直等到月落，等到天明，
重织一个新梦既织不成，
便是那个旧的也补不起来了。
我到底没有做好我要做的梦！

花儿开过了

花儿开过了，果子结完了：
一春的香雨被一夏的骄阳炙干了，
一夏的荣华被一秋的馋风扫尽了。
如今败叶枯枝，便是你的余剩了。

天寒风紧，冻哑了我的心琴；
我惯唱的颂歌如今竟唱不成。
但是，且莫伤心，我的爱，
琴弦虽不鸣了，音乐依然在。

只要灵魂不灭，记忆不死，纵使
你的荣华永逝（这原是没有的事），
我敢说那已消的春梦的余痕，
还永远是你我的生命的生命！

况且永继的荣华，顿刻的凋落——

两两相形，又算得了些什么？
今冬的假眠，也不过是明春的
更烈的生命所必需的休息。

所以不怕花残，果烂，叶败，枝空，
那缜密的爱的根网总没一刻放松；
他总是绊着，抓着，咬着我的心，
他要抽尽我的生命供给你的生命！

爱啊！上帝不曾因青春的暂退，
就要将这个世界一齐捣毁，
我也不曾因你的花儿暂谢，
就敢失望，想另种一朵来代他！

十一年一月二日作

哎呀！自然的太失管教的骄子！
你那内蕴的灵火！不是地狱的毒火，
如今已经烧得太狂了，
只怕有一天要爆裂了你的躯壳。

你那被爱蜜饯了的肥心，人们讲，
本是为滋养些嬉笑的花儿的，
如今却长满了愁苦的荆棘——
他的根已将你的心越捆越紧，越缠越密。
上帝啊！这到底是什么用意？

唉！你（只有你）真正了解生活的秘密，
你真是生活唯一的知己，
但生活对你偏是那样凶残：
你看！又是一个新年——好可怕的新年！
张着牙戟齿锯的大嘴招呼你上前；

你退既不能，进又白白地往死嘴里钻！

高步远蹠的命运
从时间的没究竟的大道上踱过；
我们无足轻重的蚁子
糊里糊涂地忙来忙去，不知为什么，
忽地里就断送在他的脚跟底……

但是，那也对啊！……死！你要来就快来，
快来断送了这无边的痛苦！
哈哈！死，你的残忍，乃在我要你时，你不来，
如同生，我不要他时，他偏存在！

青　春

青春像只唱着歌的鸟儿，
已从残冬窟里闯出来，
驶入宝蓝的穹窿里去了。

神秘的生命，
在绿嫩的树皮里膨胀着，
快要送出带鞘子的，
翡翠的芽儿来了。

诗人呵！揩干你的冰泪，
快预备着你的歌儿，
也赞美你的苏生罢！

春之首章

浴人灵魂的雨过了：
薄泥到处啮人的鞋底。
凉飔挟着湿润的土气
在鼻蕊间正冲突着。

金鱼儿今天许不大怕冷了？
个个都敢于浮上来呢！

东风苦劝执拗的蒲根，
将才睡醒的芽儿放了出来。
春雨过了，芽儿刚抽到寸长，
又被池水偷着吞去了。

亭子角上几根瘦硬的，
还没赶上春的榆枝，
印在鱼鳞似的天上；

像一页淡蓝的朵云笺，
上面涂了些僧怀素的
铁画银钩的草书。

丁香枝上豆大的蓓蕾，
包满了包不住的生意，
呆呆地望着辽阔的天宇，
盘算他明日的荣华——
仿佛一个出神的诗人
在空中编织未成的诗句。

春啊！明显的秘密哟！
神圣的魔术哟！
啊！我忘了我自己，春啊！
我要提起我全身的力气，
在你那绝妙的文章上
加进这丑笨的一句哟！

春之末章

被风惹恼了的粉蝶，
试了好几处的枝头，
总抱不大稳，率性就舍开，
忽地不知飞向那里去了。
啊！大哲的梦身啊！
了无粘滞的达观者哟！

太轻狂了哦！杨花！
依然吩咐两丝粘住罢。

娇绿的坦张的荷钱啊！
不息地仰面朝上帝望着，
一心地默祷并且赞美他——
只要这样，总是这样，
开花结实的日子便快了。

一气的酣绿里忽露出
一角汉纹式的小红桥，
真红得快叫出来了！

小孩儿们也太好玩了啊！
整日里蓝的白的衫子
骑满竹青石栏上垂钓。
他们的笑声有时竟脆得像
坍碎了一座琉璃宝塔一般。
小孩们总是这样好玩呢！

绿沙窗里筛出的琴声，
又是画家脑子里经营着的
一帧美人春睡图：
细熨的柔情，娇羞的倦致，
这般如此，忽即忽离，
啊！迷魂的律吕啊！

音乐家啊！垂钓的小孩啊！
我读完这春之宝笈的末章，
就交给你们永远管领着罢！

初夏一夜的印象

——一九二二年五月直奉战争时

夕阳将诗人付给烦闷的夜了，
叮咛道：“把你的秘密都吐给他了罢！”

紫穹窿下洒着些碎了的珠子——
诗人想：该穿成一串挂在死的胸前。

阴风的冷爪子刚扒过饿柳的枯发，
又将池里的灯影儿扭成几道金蛇。

帖在山腰下佝偻得可怕的老柏，
拿着黑瘦的拳头硬和太空挑衅。

失睡的蛙们此刻应该有些倦意了，
但仍旧努力地叫着水国的军歌。

个个都吠得这般沉痛，村狗啊！

为什么总骂不破盗贼的胆子？

嚼火漱雾的毒龙在铁梯上爬着，
驮着灰色号衣的战争，吼的要哭了。

铜舌的报更的磬，屡次安慰世界，
请他放心睡去……世界哪肯信他哦！

上帝啊！眼看着宇宙糟踏到这样，
可也有些寒心吗？仁慈的上帝哟！

红荷之魂

有　序

盆莲饮雨初放，折了几枝，供在案头，又听侄辈读周茂叔的《爱莲说》，便不得不联想及于三千里外《荷花池畔》的诗人。赋此寄呈实秋，兼上景超及其他在西山的诸友。

太华玉井的神裔啊！
不必在污泥里久恋了。
这玉胆瓶里的寒浆有些冽骨吗？
那原是没有堕世的山泉哪！

高贤的文章啊！雏凤的律吕啊！
往古来今竟携了手来谀媚着你。
来罢！听听这蜜甜的赞美诗罢！
抱霞摇玉的仙花呀！

看着你的躯体，
我怎不想到你的灵魂？
灵魂啊！到底又是谁呢？

是千叶宝座上的如来，
还是丈余红瓣中的太乙呢？
是五老峰前的诗人，
还是洞庭湖畔的骚客呢？

红荷的魂啊！
爱美的诗人啊！
便稍许艳一点儿，
还不失为“君子”。
看那颗颗袒张的荷钱啊！
可敬的——向上的虔诚，
可爱的——圆满的个性。
花魂啊！佑他们充分地发育罢！

花魂啊，
须提防着，
不要让菱芡藻荇的势力
吞食了泽国的版图。

花魂啊！
要将崎岖的动的烟波，
织成灿烂的静的绣锦。

然后，
高蹈的鸬鹚啊！
热情的鸳鸯啊！
水国烟乡的顾客们啊……
只欢迎你们来
逍遥着，偃卧着；
因为你们知道了
你们的义务。

孤　雁

不幸的失群的孤客！
谁教你抛弃了旧侣，
拆散了阵字，
流落到这水国的绝塞，
拼着寸磔的愁肠，
泣诉那无边的酸楚？

啊！从那浮云的密幕里，
迸出这样的哀音，
这样的痛苦！这样的热情！

孤寂的流落者！
不须叫喊得哟！
你那沉细的音波，
在这大海的惊雷里，
还不值得那涛头上

溅破的一粒浮沤呢！

可怜的孤魂啊！
更不须向天回首了。
天是一个无涯的秘密，
一幅蓝色的谜语，
太难了，不是你能猜破的。
也不须向海低头了。
这辱骂高天的恶汉，
他的咸卤的唾沫
不要渍湿了你的翅膀，
粘滞了你的行程！

流落的孤禽啊！
到底飞往哪里去呢？
那太平洋的彼岸，
可知道究竟有些什么？

啊！那里是苍鹰的领土——
那鸷悍的霸王啊！
他的锐利的指爪，
已撕破了自然的面目，
建筑起财力的窝巢。
那里只有钢筋铁骨的机械，
喝醉了弱者的鲜血，
吐出些罪恶的黑烟，

涂污我太空，闭熄了日月，
教你飞来不知方向，
息去又没地藏身啊！

流落的失群者啊！
到底要往哪里去？
随阳的鸟啊！
光明的追逐者啊！
不信那腥臊的屠场，
黑暗的烟灶，
竟能吸引你的踪迹！

归来罢，失路的游魂！
归来参加你的伴侣，
补足他们的阵列！
他们正引着颈望你呢。

归来偃卧在霜染的芦林里，
那里有校猎的西风，
将茸毛似的芦花，
铺就了你的床褥
来温暖起你的甜梦。

归来浮游在温柔的港溆里，
那里方是你的浴盆。
归来徘徊在浪舐的平沙上，

趁着溶银的月色，
婆娑着戏弄你的幽影。

归来罢，流落的孤禽！
与其尽在这水国的绝塞，
拼着寸磔的愁肠，
泣诉那无边的酸梦，
不如棹翅回身归去罢！

啊！但是这不由分说的狂飙
挟着我不息地前进；
我脚上又带着了一封书信，
我怎能抛却我的使命，
由着我的心性
回身棹翅归去来呢？

寄怀实秋

泪绳捆住的红烛
已被海风吹熄了；
跟着有一缕犹疑的轻烟，
左顾右盼，
不知往哪里去好。
啊！解体的灵魂哟！
失路的悲哀哟！

在黑暗的严城里，
恐怖方施行他的高压政策：
诗人的尸肉在那里仓皇着，
仿佛一只丧家之犬呢。
莲蕊间酣睡着的恋人啊！
不要灭了你的纱灯：
几时珠箔银绦飘着过来，
可要借给我点燃我的残烛，

好在这阴城里面，
为我照出一条道路。

烛又点燃了，
那时我便作个自然的流萤，
在深更的风露里，
还可以逍遥流荡着，
直到黎明！

莲蕊间酣睡着的骚人啊！
小心那成群打围的飞蛾，
不要灭了你的纱灯哦！

记　忆

记忆渍起苦恼的黑泪，
在生活的纸上写满蝇头细字；
生活的纸可以撕成碎片，
记忆的笔迹永无磨灭之时。

啊！友谊的悲剧，希望的挽歌，
情热的战史，罪恶的供状——
啊！不堪卒读的文词哦！
是记忆的亲手笔，悲哀的旧文章！

请弃绝了我罢，拯救了我罢！
智慧哟！钩引记忆的奸细！
若求忘却那悲哀的文章，
除非要你赦脱了你我的关系！

太阳吟

太阳啊，刺得我心痛的太阳！
又逼走了游子的一出还乡梦，
又加他十二个时辰的九曲回肠！

太阳啊，火一样烧着的太阳！
烘干了小草尖头的露水，
可烘得干游子的冷泪盈眶？

太阳啊，六龙骖驾的太阳！
省得我受这一天天的缓刑，
就把五年当一天跑完那又何妨？

太阳啊——神速的金乌——太阳！
让我骑着你每日绕行地球一周，
也便能天天望见一次家乡！

太阳啊，楼角新升的太阳！
不是刚从我们东方来的吗？
我的家乡此刻可都依然无恙？

太阳啊，我家乡来的太阳！
北京城里的官柳裹上一身秋了罢？
唉！我也憔悴的同深秋一样！

太阳啊，奔波不息的太阳！
你也好像无家可归似的呢。
啊！你我的身世一样地不堪设想！

太阳啊，自强不息的太阳！
大宇宙许就是你的家乡罢。
可能指示我我的家乡的方向？

太阳啊，这不像我的山川，太阳！
这里的风云另带一般颜色，
这里鸟儿唱的调子格外凄凉。

太阳啊，生命之火的太阳！
但是谁不知你是球东半的情热，
同时又是球西半的智光？

太阳啊，也是我家乡的太阳！
此刻我回不了我往日的家乡，

便认你为家乡也还得失相偿。

太阳啊，慈光普照的太阳！
往后我看见你时，就当回家一次；
我的家乡不在地下乃在天上！

忆　菊

——重阳前一日作

插在长颈的虾青瓷的瓶里，
六方的水晶瓶里的菊花，
钻在紫藤仙姑篮里的菊花；
守着酒壶的菊花，
陪着螯盏的菊花；
未放，将放，半放，盛放的菊花。

镶着金边的绛色的鸡爪菊；
粉红色的碎瓣的绣球菊！
懒慵慵的江西腊哟；
倒挂着一饼蜂窠似的黄心，
仿佛是朵紫的向日葵呢。
长瓣抱心，密瓣平顶的菊花；
柔艳的尖瓣钻蕊的白菊
如同美人的拳着的手爪，
拳心里攫着一撮儿金粟。

檐前，阶下，篱畔，圃心的菊花：
霭霭的淡烟笼着的菊花，
丝丝的疏雨洗着的菊花——
金的黄，玉的白，春酿的绿，秋山的紫，
……

剪秋萝似的小红菊花儿；
从鹅绒到古铜色的黄菊；
带紫茎的微绿色的“真菊”
是些小小的玉管儿缀成的，
为的是好让小花神儿
夜里偷去当了笙儿吹着。

大似牡丹的菊王到底奢豪些，
他的枣红色的瓣儿，铠甲似的，
张张都装上银白的里子了；
星星似的小菊花蕾儿
还拥着褐色的萼被睡着觉呢。

啊！自然美的总收成啊！
我们祖国之秋的杰作啊！
啊！东方的花，骚人逸士的花呀！
那东方的诗魂陶元亮
不是你的灵魂的化身罢？
那祖国的登高饮酒的重九
不又是你诞生的吉辰吗？

你不像这里的热欲的蔷薇，
那微贱的紫萝兰更比不上你。
你是有历史，有风俗的花。
啊！四千年的化胄的名花呀！
你有高超的历史，你有逸雅的风俗！

啊！诗人的花呀！我想起你，
我的心也开成顷刻之花，
灿烂的如同你的一样；
我想起你同我的家乡，
我们的庄严灿烂的祖国，
我的希望之花又开得同你一样。

习习的秋风啊！吹着，吹着！
我要赞美我祖国的花！
我要赞美我如花的祖国！
请将我的字吹成一簇鲜花，
金的黄，玉的白，春酿的绿，秋山的紫，
然后又统统吹散，吹得落英缤纷，
弥漫了高天，铺遍了大地！

秋风啊！习习的秋风啊！
我要赞美我祖国的花！
我要赞美我如花的祖国！

秋深了

秋深了，人病了。
人敌不住秋了；
整日拥着件大氅，
像只煨灶的猫，
蜷在摇椅上摇……摇……摇……
想着祖国，
想着家庭，
想着母校，
想着故人，
想着不胜想，不堪想的胜境良朝。

春的荣华逝了，
夏的荣华逝了；
秋在对面嵌白框窗子的
金字塔似的木板房子檐下，
抱着香黄色的破头帕，

追想春夏已逝的荣华；
想的伤心时，
飒飒地洒下几点黄金泪。

啊！秋是追想的时期！
秋是堕泪的时期！

小　溪

铅灰色的树影，
是一长篇恶梦，
横压在昏睡着的
小溪的胸膛上。
小溪挣扎着，挣扎着……
似乎毫无一点影响。

稚　松

他在夕阳的红纱灯笼下站着，
他扭着颈子望着你，
他散开了藏着金色圆眼的，
海绿色的花翎——一层层的花翎。
他像是金谷园里的
一只开屏的孔雀罢？

烂 果

我的肉早被黑虫子咬烂了。
我睡在冷辣的青苔上，
索性让烂的越加烂了，
只等烂穿了我的核甲，
烂破了我的监牢，
我的幽闭的灵魂
便穿着豆绿的背心，
笑迷迷地要跳出来了！

色　彩

生命是张没价值的白纸，
自从绿给了我发展，
红给了我情热，
黄教我以忠义，
蓝教我以高洁，
粉红赐我以希望，
灰白赠我以悲哀；
再完成这帧彩图，
黑还要加我以死。

从此以后，
我便溺爱于我的生命，
因为我爱他的色彩。

口供

我不骗你，我不是什么诗人。
纵然我爱的是白石的坚贞，
青松和大海，鸦背驮着夕阳。
黄昏里织满了蝙蝠的翅膀。
你知道我爱英雄，还爱高山。
我爱一幅国旗在风中招展。
自从鹅黄到古铜色的菊花。
记着我的粮食是一壶苦茶！

可是还有一个我，你怕不怕？——
苍蝇似的思想，垃圾桶里爬。

收　回

那一天只要命运肯放我们走！
不要怕；虽然得走过一个黑洞，
你大胆的走；让我掇着你的手；
也不用问哪里来的一阵阴风。

只记住了我今天的话，留心那
一掬温存，几朵吻，留心那几炷笑，
都给拾起来，没有差；——记住我的话，
拾起来，还有珊瑚色的一串心跳。

可怜今天苦了你——心渴望着心——
那时候该让你拾，拾一个痛快，
拾起我们今天损失了的黄金。
那斑烂的残瓣，都是我们的爱，
拾起来，戴上。
你戴着爱的圆光，
我们再走，管他是地狱，是天堂！

“你指着太阳起誓”

你指着太阳起誓，叫天边的凫雁
说你的忠贞。好了，我完全相信你，
甚至热情开出泪花，我也不诧异。
只是你要说什么海枯，什么石烂……
那便笑得死。我这一口气的工夫
还不够我陶醉的？还说什么“永久”？
爱，你知道我只有一口气的贪图，
快来箍紧我的心，快！啊，你走，你走……

我早算就了你那一手——也不是变卦——
“永久”早许给了别人，秕糠是我的份，
别人得的才是你的菁花——不坏的千春。
你不信？假如一天死神拿出你的花押。
你走不走？去去！去恋着他的怀抱，
跟他去讲那海枯石烂不变的贞操！

什么梦

一排雁字仓皇的渡过天河，
寒雁的哀呼从她心里穿过，
“人啊，人啊”她叹道，
“你在哪里，在哪里叫着我？”

黄昏拥着恐怖，直向她进逼，
一团剧痛沉淀在她的心里，
“天啊，天啊”她叫道，
“这到底，到底是什么意义？”

道是那样长，行程又在夜里，
她站在生死的门限上犹夷，
“烦闷，烦闷”她想道，
“我将永远，永远结束了你！”

决断写在她脸上，——决断的从容……

忽然摇篮里哇的一阵警钟，
“儿啊，儿啊”她哭了，
“我做的是什么是什么梦？”

你莫怨我

你莫怨我！
这原来不算什么，
人生是萍水相逢，
让他萍水样错过。
你莫怨我！

你莫问我！
泪珠在眼边等着，
只须你说一句话，
一句话便会碰落，
你莫问我！

你莫惹我！
不要想灰上点火。
我的心早累倒了，
最好是让它睡着！

你莫惹我！

你莫碰我！
你想什么，想什么？
我们是萍水相逢，
应得轻轻的错过。
你莫碰我！

你莫管我！
从今加上一把锁；
再不要敲错了门，
今回算我撞的祸，
你莫管我！

你　看

你看太阳像眠后的春蚕一样，
整日吐不尽黄丝似的光芒；
你看负暄的红襟在电杆梢上，
酣眠的锦鸭泊在老柳根旁。

你眼前又陈列着青春的宝藏，
朋友们，请就在这眼前欣赏；
你有眼睛请再看青山的峦障，
但莫向那山外探望你的家乡。

你听那枝头颂春的梅花雀，
你得揩干眼泪和他一支歌。
朋友，乡愁最是个无情的恶魔，
他能教你眼前的春光变作沙漠。

你看春风解放了冰锁的寒溪，

半溪白齿琮琮的漱着涟漪，
细草又织就了釉釉的绿意，
白杨枝上招展着么小的银旗。

朋友们，等你们看到了故乡的春，
怕不要老尽春光老尽了人？
呵，不要探望你的家乡，朋友们，
家乡是个贼，他能偷去你的心！

也　许

葬　歌

也许你真是哭得太累，
也许，也许你要睡一睡，
那么叫夜鹰不要咳嗽，
蛙不要号，蝙蝠不要飞。

不许阳光拨你的眼帘，
不许清风刷上你的眉，
无论谁都不能惊醒你，
撑一伞松荫庇护你睡。

也许你听这蚯蚓翻泥，
听这小草的根儿吸水，
也许你听这般的音乐

比那咒骂的人声更美。

那么你先把眼皮闭紧，
我就让你睡，我让你睡，
我把黄土轻轻盖着你，
我叫纸钱儿缓缓的飞。

泪　雨

他在那生命的阳春时节，
曾流着号饥号寒的眼泪；
那原是舒生解冰的春霖，
却也兆征了生命的哀悲。

他少年的泪是连绵的阴雨
暗中浇熟了酸苦的黄梅；
如今黑云密布，雷电交加，
他的泪像夏雨一般的滂沛。

中途的怅惘，老大的蹉跎，
他知道中年的苦泪更多，
中年的泪定似秋雨淅沥，
梧桐叶上敲着永夜的悲歌。

谁说生命的残冬没有眼泪？

老年的泪是悲哀的总和；
他还有一掬结晶的老泪，
要开作漫天愁人的花朵。

末 日

露水在笕筒里哽咽着，
芭蕉的绿舌头舐着玻璃窗，
四围的垩壁都往后退，
我一人填不满偌大一间房。

我心房里烧上一盆火，
静候着一个远道的客人来，
我用蛛丝鼠矢喂火盆，
我又用花蛇的鳞甲代劈柴。

鸡声直催，盆里一堆灰，
一股阴风偷来摸着我的口，
原来客人就在我眼前，
我眼皮一闭，就跟着客人走。

死水

这是一沟绝望的死水，
清风吹不起半点漪沦。
不如多扔些破铜烂铁，
爽性泼你的剩菜残羹。

也许铜的要绿成翡翠，
铁罐上锈出几瓣桃花；
再让油腻织一层罗绮，
霉菌给他蒸出些云霞。

让死水酵出一沟绿酒，
漂满了珍珠似的白沫；
小珠们笑声变成大珠[①]，
又被偷酒的花蚊咬破。

---

① 此句原创“小珠笑一声变成大珠”，现据作者编选《现代诗抄》改。

那么一沟绝望的死水，
也就夸得上几分鲜明。
如果青蛙耐不住寂寞，
又算死水叫出了歌声。

这是一沟绝望的死水，
这里断不是美的所在，
不如让给丑恶来开垦，
看他造出个什么世界。

我要回来

我要回来，
乘你的拳头像兰花未放，
乘你的柔发和柔丝一样，
乘你的眼睛里燃着灵光，
我要回来。

我没回来，
乘你的脚步像风中荡桨，
乘你的心灵像痴蝇打窗，
乘你笑声里有银的铃铛，
我没回来。

我该回来，
乘你的眼睛里一阵昏迷，
乘一口阴风把残灯吹熄，
乘一只冷手来掇走了你，

我该回来。

我回来了，
乘流萤打着灯笼照着你，
乘你的耳边悲啼着莎鸡，
乘你睡着了，含一口沙泥，
我回来了。

夜歌

癞虾蟆抽了一个寒噤，
黄土堆里钻出个妇人，
妇人身旁找不出阴影，
月色却是如此的分明。

黄土堆里钻出个妇人，
黄土堆上并没有裂痕，
也不曾惊动一条蚯蚓，
或绷断蟏蛸一根网绳。

月光底下坐着个妇人，
妇人的容貌好似青春，
猩红衫子血样的狰狞，
鬅松的散发披了一身。

妇人在号咷，捶着胸心，

癞虾蟆只是打着寒噤，
远村的荒鸡哇的一声，
黄土堆上不见了妇人。

心 跳

这灯光，这灯光漂白了的四壁；
这贤良的桌椅，朋友似的亲密；
这古书的纸香一阵阵的袭来；
要好的茶杯贞女一般的洁白：
受哺的小儿唼呷在母亲怀里，
鼾声报道我大儿康健的消息……
这神秘的静夜，这浑圆的和平，
我喉咙里颤动着感谢的歌声。
但是歌声马上又变成了诅咒，
静夜！我不能，不能受你的贿赂。
谁稀罕你这墙内尺方的和平！
我的世界还有更辽阔的边境。
这四墙既隔不断战争的喧嚣，
你有什么方法禁止我的心跳？
最好是让这口里塞满了沙泥，
如其他只会唱着个人的休戚，

最好是让这头颅给田鼠掘洞，
让这一团血肉也去喂着尸虫，
如果只是为了一杯酒，一本诗，
静夜里钟摆摇来的一片闲适，
就听不见了你们四邻的呻吟，
看不见寡妇孤儿抖颤的身影，
战壕里的痉挛，疯人咬着病榻，
和各种惨剧在生活的磨子下。
幸福！我如今不能受你的私贿，
我的世界不在这尺方的墙内。
听！又是一阵炮声，死神在咆哮。
静夜！你如何能禁止我的心跳？

一个观念

你隽永的神秘，你美丽的谎，
你倔强的质问，你一道金光，
一点儿亲密的意义，一股火，
一缕缥渺的呼声，你是什么？
我不疑，这因缘一点也不假，
我知道海洋不骗他的浪花。
既然是节奏，就不该抱怨歌。
呵，横暴的威灵，你降伏了我，
你降伏了我！你绚缦的长虹——
五千多年的记忆，你不要动，
如今我只问怎样抱得紧你……
你是那样的横蛮，那样美丽！

发　现

我来了，我喊一声，迸着血泪，
“这不是我的中华，不对，不对！”
我来了，因为我听见你叫我；
鞭着时间的罡风，擎一把火，
我来了，不知道是一场空喜。
我会见的是噩梦，那里是你？
那是恐怖，是噩梦挂着悬崖，
那不是你，那不是我的心爱！
我追问青天，逼迫八面的风，
我问，拳头擂着大地的赤胸，
总问不出消息；我哭着叫你，
呕出一颗心来，——在我心里！

一句话

有一句话说出就是祸，
有一句话能点得着火。
别看五千年没有说破，
你猜得透火山的缄默？
说不定是突然着了魔，
突然青天里一个霹雳
爆一声：
“咱们的中国！”

这话叫我今天怎么说？
你不信铁树开花也可，
那么有一句话你听着：
等火山忍不住了缄默，
不要发抖，伸舌头，顿脚，
等到青天里一个霹雳
爆一声：
“咱们的中国！”

荒　村

……临淮关梁园镇间一百八十里之距离，已完全断绝人烟。汽车道两旁之村庄，所有居民，逃避一空。农民之家具木器，均以绳相连，沉于附近水塘稻田中，以避火焚。门窗俱无，中以棺材或石堵塞。一至夜间，则灯火全无。鸡犬豕等觅食野间，亦无人看守。而间有玫瑰芍药犹墙隅自开。新出稻秧，翠蔼宜人。草木无知，其斯之谓欤？

——民国十六年五月十九日《新闻报》

他们都上哪里去了？怎么
吓蟆蹲在甑上，水瓢里开白莲；
桌椅板凳在田里堰里漂着；
蜘蛛的绳桥从东屋往西屋牵？
门框里嵌棺材，窗棂里镶石块！
这景象是多么古怪多么惨！
镰刀让它锈着快锈成了泥，
抛着整个的鱼网在灰堆里烂。

天呀！这样的村庄都留不住他们！
玫瑰开不完，荷叶长成了伞；
秧针这样尖，湖水这样绿，
天这样青，鸟声像露珠样圆。
这秧是怎样绿的，花儿谁叫红的？
这泥里和着谁的血，谁的汗？
去得这样的坚决，这样的脱洒，
可有什么苦衷，许了什么心愿？
如今可有人告诉他们：这里
猪在大路上游，鸭往猪群里钻，
雄鸡踏翻了芍药，牛吃了菜——
告诉他们太阳落了，牛羊不下山，
一个个的黑影在岗上等着，
四合的峦障龙蛇虎豹一般，
它们望一望，打了一个寒噤，
大家低下头来，再也不敢看；
（这也得告诉他们）它们想起往常
暮寒深了，白杨在风里颤，
那时只要站在山头嚷一句，
山路太险了，还有主人来搀；
然后笛声送它们踏进栏门里，
那稻草多么香，屋子多么暖！
它们想到这里，滚下了一滴热泪，
大家挤作一堆，脸偎着脸……
去！去告诉它们主人，告诉他们，
什么都告诉他们，什么也不要瞒！

叫他们回来！叫他们回来！
问他们怎么自己的牲口都不管？
他们不知道牲口是和小儿一样吗？
可怜的畜生它们多么没有胆！
喂！你报信的人也上那里去了？
快去告诉他们——告诉王家老三，
告诉周大和他们兄弟八个，
告诉临淮关一带的庄稼汉，
还告诉那红脸的铁匠老李，
告诉独眼龙，告诉徐半仙，
告诉黄大娘和满村庄的妇女——
告诉他们这许多的事，一件一件。
叫他们回来，叫他们回来！
这景象是多么古怪多么惨！
天呀！这样的村庄留不住他们；
这样一个桃源，瞧不见人烟！

罪 过

老头儿和担子摔一跤，
满地是白杏儿红樱桃。
老头儿爬起来直哆嗦，
“我知道我今日的罪过！”
“手破了，老头儿你瞧瞧。”
“唉！都给压碎了，好樱桃！”

“老头儿你别是病了吧？
你怎么直楞着不说话？”
“我知道我今日的罪过，
一早起我儿子直催我。
我儿子躺在床上发狠，
他骂我怎么还不出城。”

“我知道今日个不早了，
没有想到一下子睡着了。

这叫我怎么办，怎么办？
回头一家人怎么吃饭？”
老头儿拾起来又掉了，
满地是白杏儿红樱桃。

天安门

好家伙！今日可吓坏了我！
两条腿到这会儿还哆嗦。
瞧着，瞧着，都要追上来了，
要不，我为什么要那么跑？
先生，让我喘口气，那东西，
你没有瞧见那黑漆漆的，
没脑袋的，蹶脚的，多可怕，
还摇晃着白旗儿说着话……
这年头真没法办，你问谁？
真是人都办不了，别说鬼。
还开会啦，还不老实点儿！
你瞧，都是谁家的小孩儿，
不才十来岁儿吗？干吗的！
脑袋瓜上不是使枪扎的？
先生，听说昨日又死了人，
管包死的又是傻学生们。

这年头儿也真有那怪事，
那学生们有的喝，有的吃，
咱二叔头年死在杨柳青，
那是饿的没法儿去当兵，
谁拿老命白白的送阎王！
咱一辈子没撒过谎，我想
刚灌上俩子儿油，一整勺，
怎么走着走着瞧不见道。
怨不得小秃子吓掉了魂，
劝人黑夜里别走天安门。
得！就算咱拉车的活倒霉，
赶明日北京满城都是鬼！

飞毛腿

我说飞毛腿那小子也真够别扭，
管包是拉了半天车得半天歇着，
一天少了说也得二三两白干儿，
醉醺醺的一死儿拉着人谈天儿。
他妈的谁能陪着那个小子混呢？
“天为啥是蓝的？”没事他该问你。
还吹他妈什么箫，你瞧那副神儿，
窝着件破棉袄，老婆的，也没准儿，
再瞧他擦着那车上的俩大灯罢，
擦着擦着问你曹操有多少人马。
成天儿车灯车把且擦且不完啦，
我说“飞毛腿你怎不擦擦脸啦？”
可是飞毛腿的车擦得真够亮的，
许是得擦到和他那心地一样的！
那天河里漂着飞毛腿的尸首，……
飞毛腿那老婆死得太不是时候。

洗衣歌

洗衣是美国华侨最普遍的职业，因此留学生常常被人问道："你爸爸是洗衣裳的吗？"

(一件，两件，三件，)
洗衣要洗干净！
(四件，五件，六件；)
熨衣要熨得平！

我洗得净悲哀的湿手帕，
我洗得白罪恶的黑汗衣，
贪心的油腻和欲火的灰，……
你们家里一切的脏东西，
交给我洗，交给我洗。

铜是那样臭，血是那样腥，
脏了的东西你不能不洗，

洗过了的东西还是得脏，
你忍耐的人们理它不理？
替他们洗！替他们洗！

你说洗衣的买卖太下贱，
肯下贱的只有唐人不成？
你们的牧师他告诉我说：
耶稣的爸爸做木匠出身，
你信不信？你信不信？

胰子白水耍不出花头来，
洗衣裳原比不上造兵舰。
我也说这有什么大出息——
流一身血汗洗别人的汗？
你们肯干？你们肯干？

年去年来一滴思乡的泪，
半夜三更一盏洗衣的灯……
下贱不下贱你们不要管，
看那里不干净那里不平，
问支那人，问支那人。

我洗得净悲哀的湿手帕，
我洗得白罪恶的黑汗衣，
贪心的油腻和欲火的灰，
你们家里一切的脏东西，

交给我——洗，交给我——洗，

(一件，两件，三件，)
洗衣要洗干净！
(四件，五件，六件，)
熨衣要熨得平！

奇　迹

我要的本不是火齐的红，或半夜里
桃花潭水的黑，也不是琵琶的幽怨，
蔷薇的香，我不曾真心爱过文豹的矜严，
我要的婉娈也不是任何白鸽所有的。
我要的本不是这些，而是这些的结晶，
比这一切更神奇得万倍的一个奇迹！
可是，这灵魂是真饿得慌，我又不能
让他缺着供养，那么，既便是秕糠，
你也得募化不是？天知道，我不是
甘心如此，我并非倔强，亦不是愚蠢，
我是等你不及，等不及奇迹的来临！
我不敢让灵魂缺着供养，谁不知道
一树蝉鸣，一壶浊酒，算得了什么？
纵提到烟峦，曙壑，或更璀璨的星空，
也只是平凡，最无所谓的平凡，犯得着
惊喜得没主意，喊着最动人的名儿，

恨不得黄金铸字，给妆在一支歌里？
我也说但为一阕莺歌便噙不住眼泪，
那未免太支离，太玄了，简直不值当。
谁晓得，我可不能那样：这心是真
饿得慌，我不能不节省点，把藜藿当作膏粱。
可也不妨明说，只要你——
只要奇迹露一面，我马上就放弃平凡，
我再不瞅着一张霜叶梦想春花的艳，
再不浪费这灵魂的膂力，剥开顽石，
来诛求白玉的温润，给我一个奇迹，
我也不再去鞭挞着“丑”，逼他要
那分儿背面的意义；实在我早厌恶了，
那勾当，那附会也委实是太费解了。
我只要一个明白的字，舍利子似的闪着
宝光，我要的是整个的，正面的美。
我并非倔强，亦不是愚蠢，我不会看见
团扇，悟不起扇后那天仙似的人面。
那么
我等着，不管得等到多少轮回以后——
既然当初许下心愿时，也不知道是多少
轮回以前——我等，我不抱怨，只静候着
一个奇迹的来临。总不能没有那一天，
让雷来劈我，火山来烧，全地狱翻起来
扑我，……害怕吗？你放心，反正罡风
吹不熄灵魂的灯，愿这蜕壳化成灰烬，
不碍事，因为那——那便是我的一刹那，

一刹那的永恒——一阵异香，最神秘的
肃静，（日，月，一切星球的旋动早被
喝住，时间也止步了）最浑圆的和平……
我听见阊阖的户枢砉然一响，紫霄上
传来一片衣裙的窸窣——那便是奇迹——
半启的金扉中，一个戴着圆光的你！

园　内

序　曲

你开始唱着园内之“昨日”，
请唱得像玉杯跌得粉碎，
血色的酒浆溅污了满地；
然后模拟掌中的细沙，
从指缝之间溜出的声响。

你若唱到园内之“今日”，
当唱得像似一溪活水，
在旭日光中淙淙流去；
或如村塾里总角的学童，
走珠似地背诵他的课本。

你若会唱园内之“明日”，

你当想起我们紫白的校旗，
你便唱出风旗飘舞的节奏；
最末，避席起立，额手致敬，
你又须唱得像军乐交鸣。

一

寂寥封锁在园内了，
风扇不开的寂寥，
水流不破的寂寥。
麻雀呀！叫呀，叫呀！
放出你那箭镝似的音调，
射破这坚固的寂寥！
但是雀儿终叫不出来，
寂寥还封锁在园内。

在这沉闷的寂寥里，
雨水泡着的朱扉，
才剩下些银红的霞晕，
雨水洗尽了昨日的光荣。
在这沉闷的寂寥里，
金黄釉的琉璃瓦，
是条死龙的残鳞败甲，
飘零在四方上下。

在这阴霾的寂寥里，

大理石、云母石、青琅玕、汉白玉，
龟坼的阶墀、矢折的栏柱……
纵横地卧在蓬蒿丛里，
像是曝在沙场上的战骨。

在这悲酸的寂寥里，
长发的柳树还像宫妃，
瞰在胶凝的池边饮泣、饮泣……
半醒的蜗牛在败壁上
拖出了颠斜错杂的篆文，
仿佛一页写错了的历史。

在这恐怖的寂寥里，
尪瘠的月儿常挂在松枝上，
像煞一个缢死的僵尸：
在这恐怖的寂寥里
疯魔的月儿在松枝上缢死。

在这无聊的寂寥里，
坍碎了的王宫变成一座土地庙：
颤怯的农夫鬼物似的，
悄悄地溜进园来，
悄悄地烧了香，叩了头，
又悄悄地溜出园去……
寂寥又封锁在园内了。

寂寥封锁在园内了；
风扇不开的寂寥，
水流不破的寂寥……
一切都是沉闷阴霾，
一切都是悲酸恐怖，
一切都是百无聊赖。

二

好了！新生命胎动了！
寂寥的园内生了瑞芝，
紫的灵芝，白的灵芝，
妆点了神秘的芜园。
灵芝生了，新生命来了！

好了，活泼泼的少年
摩肩接踵地挤进园来了。
饿着脑筋，烧着心血，
紧张着肌肉的少年，
从长城东头，穿过山海关，
裹着件大氅，跑进园来了；
从长城西尾，穿过潼关，
坐在驴车里拉进园来了。

从三峡的湍流里救出的少年
病恹恹地踱进园里来了；

漂过了南海，漂过了东海，
漂过了黄海，漂过了渤海的少年，
摇着团罗扇，闯进园里来了；
风流倜傥的少年
碧衫儿荡着西湖的波色，
翩翩然飘进园里来了。

少年们来了，灵芝生满园内，
一切只是新鲜，一切只是明媚，
一切只是希望，一切只是努力；
灵芝不断地在园内茁放，
少年们不断地在园内努力。

三

于是曙色烘醒了东方，
好像浸渐明晰的思想。
晨鸡叫了，晨星没了，
太阳翻身起来了！
金光镀在紫铜盖的穹窿上，
金光燃在龙鳞似的琉璃瓦上，
金光描在高楼顶的旗杆上，
金光洒在颤巍巍的松枝上，
金光吻在少年的桃颊上。

少年在太阳的跸道之旁，

瞻望六龙挽着的云軿[1]发轫，
仿佛诚惶诚恐的村童，
遥望着帝王的法驾西幸，
无限的敬仰，无限的欣羡，
充满了他那蒙稚的心灵。

早起的少年危立在假石山上，
红荷招展在他脚底，
旭日灿烂在他头上，
早起的少年对着新生的太阳
如同对着他的严师，
背诵庄周屈子的鸿文，
背诵沙翁弥氏的巨制。

万籁无声，宇宙在敛息倾听，
驯雀飞下平地来倾听，
金鱼浮上池面来倾听——
少年对着新生的太阳，
背诵他的生命的课本。

啊！“自强不息”的少年啊！
谁是你的严师？
若非这新生的太阳？

① 軿：（píng）古代一种有帷幔的车，多供妇女乘坐。

四

于是夕阳涨破了西方，
赤血喋染了宇宙——
不是赔偿罪恶的代价，
乃是生命澎涨之溢流。

赤血喋染了宇宙，
细草伸出舌尖舐着赤血，
绿杨散开乱发沐着赤血。
喷水池抛开螺钿镶的银链，
吼着要锁住窜游的夕阳；
夕阳跌倒在喷水池中，
池中是一盆鲜明的赤血。

红砖上更红的爬墙虎，
紫茎里迸出赤叶的爬墙虎，
仿佛是些血管涨破了，
迸出了满墙的红血斑。

赤血澎涨了夕阳的宇宙，
赤血澎涨了少年的血管。
少年们在广场上游戏，
球丸在太空里飞腾，
像是九天上跳踉的巨灵，

戏弄着熄了的太阳一样。

少年们踢着熄了的太阳，
少年们抛着熄了的太阳，
少年们顶着熄了的太阳，
少年们抱着熄了的太阳；
生命澎涨了少年的血管，
少年们在戏弄熄了的太阳。

夕阳里喧呼着的少年们，
赤铜铸的筋骨，
赤铜铸的精神，
在戏弄熄了的太阳。

五

于是月儿窥进了东园，
宇宙被清光浸满，
宇宙晶凉的海水一般。
宇宙变了清光之海——
银波迸入了窗棂，
银波泛滥了庭院，
银波弥漫了大自然，
宇宙沉沦在海底里。

哪里有杨柳？哪里有松桧？

这水似的晶蓝的空气中，
只有些曼舞的海藻，
只有些鹄立的铁珊瑚，
拱抱着巍峨的大礼堂，
龙宫似的庄严灿烂。

龙宫的阊阁是黄金锤出的，
龙宫的楹柱是白玉雕成的。
哦，莫不是水国的仙人——

这清空灵幻的少年
飘摇在龙宫之东，龙宫之西，
那雍容闲雅的少年
踯躅在龙宫之南，龙宫之北？

少年浮游在海底，
浮游在清光之海底；
清光浸入少年的心里，
清光洗在少年的身外。
涤尽浊垢，饮入清光，
少年便是清光之海。

听啊，哪里来的歌声？
莫非就是泣珠的鲛人——
莫非是深深海底的鲛人，
坐在紫黑的巉石龛下，

一壁织着愁思之绡，
一壁唱着缠绵之歌？

啊，如此缠绵的歌声！
唱得海水的晶波战栗，
唱得海树的枝叶飕飗，
唱得少年不能仰首，
唱醒了少年的杳恨冥愁。

少年听了缠绵的歌声，
唤醒了甜蜜蜜的神圣的绝望，
或是热烘烘的玄秘的隐忧，
一种没由来，没目的，
一知半解的少年愁——
为了茫茫的大千宇宙？
为了滔滔的洪水猛兽？
为了闸不住的情绪之流？
还是抛不下锚的生命之舟？

六

于是月儿愈渐躲入了西园，
楼房的暗影愈渐伸张弥漫，
列着鹅鹳阵的暗影转战而前，
终于占领了凄凉的庭院。

院中垂头丧气的花木，
是被黑暗拘囚的俘虏；
锁在檐下的紫丁香，
锁在墙脚的迎春柳，
含着露珠儿，含着泪珠儿，
莫不是牛衣对泣的楚囚？
画角哀哀地叫了！
悲壮的画角在黑暗里狂吠，
好像激昂的更犬吠着盗贼；
锐利的角声在空中咬着，
咬破了黑暗的魔术，
咬破了少年的美梦，
少年们揎开美梦，跳起榻床，
少年们已和黑暗宣战了。

啊，静夜的角声如何哭了？
将少年们的心脏哭融了，
五百个战士的心脏融成一个。

楼上点着蜡烛，
楼下点着蜡烛，
少年们正在会议，
少年们正在努力。
三旗营的铜磬报尽了五更，
报道黑暗的行程将尽，
少年们啊，再点上一支蜡烛，

便撑持过了这黑暗的末路！

曙光回了，新生命又来了！
一切又是新鲜，明媚，
一切又是希望，努力。
饿的脑筋，烧着心血，
紧张着肌肉的少年们，
凭着希望造出了希望；
活泼泼的少年们，
又在园内不断地努力。

七

然后有一天园内的昨日，
隐入了蒙昧的历史，
园内的今日取代了昨日。
然后风云扰攘的天宇
终竟澈体澄清了……
雍穆的蔚蓝临照了一切。
无垠的蔚蓝的天宇
衬出了金碧辉煌的楼阁。

焕丽雄伟的楼阁，
像是皇帝阙一般！
蓬莱的晓钟鸣了，
文武的千官，戎狄的臣侄，

群集在崔嵬的紫宸殿下，
膜拜着文献之王。

肃静森严的楼阁，
又似佛寺梵宇一般——
上方的暮磬响了，
意志猛似龙象的僧侣们，
群集在理智之佛像前，
焚着虔诚的香火。

哦，文献的宫殿啊！
哦，理智的寺观啊！
矗峙在蔚蓝的天宇中，
你是东方华胄的学府！
你是世界文化的盟坛！

八

飘啊，紫白参半的旗哟！
飘啊，化作云气飘摇着！
白云扶着的紫气哟！
氤氲在这“水木清华”的景物上，
好让这里万人的眼望着你，
好让这里万人的心向着你！

这里万人还在猛烈地工作，

像园内的苍松一般工作，
伸出他们理智的根爪，
挖烂了大地的肌腠，
撕裂了大地的骨骼，
将大地的神髓吸地，
好向中天的红日泄吐。

这里万人还在静默地工作，
像园外的西山一般工作，
静默地滋育了草木，
静默地迸溢了温泉，
静默地驮负了浮图御苑；
春夏他沐着雨露的膏泽，
秋冬他戴着霜雪的伤痕，
但他总在静默中工作。

这里努力工作的万人，
并不像西方式的机械，
大齿轮挽着小齿轮，
全无意识地转动，
全无目的地转动。
但只为他们的理想工作，
为他们四千年来的理想，
古圣先贤的遗训，努力工作。

雪气氲氤的校旗呀！

你在百尺高楼上飘摇着，
近瞩京师，远望长城，
你临照着旧中华的脊髓，
你临照着新中华的心脏。
啊，展开那四千年文化的历史，
警醒万人，启示万人，
赐给他们灵感，赐给他们精神！

云气氤氲的校旗呀！
在东西文化交锋之时，
你又是万人的军旗！
万人肉袒负荆的时间过了，
万人卧薪尝胆的时间过了，
万人要为四千年的文化，
与强权霸术决一雌雄！

云气氤氲的校旗呀！
你便是东来的紫气，
你飘出函谷关，向西迈往，
你将挟着我们圣人的灵魂，
弥漫了西土，弥漫了全球！
飘呀！紫白参半的旗呀！
飘呀！化着云气飘摇着！
白云扶着的紫气呀！
氤氲在这“水木清华”的景物上，
莫使这里万人忘了你的意义！
莫使这里万人忘了你的意义！

醒呀！

（众）　天鸡怒号，东方已经白了，
庆云是希望开成五色的花。
醒呀，神勇的大王，醒呀！
你的鼾声真和缓得可怕。

他们说长夜闭熄了你的灵魂，
长夜的风霜是致命的刀。
熟睡的神狮呀，你还不醒来？
醒呀！我们都等候得心焦了！

（汉）　我叫五岳的山禽奏乐，
我叫三江的鱼龙舞蹈。
醒呀！神的元首，醒呀！

（满）　我献给你长白的驯鹿，
我献给你黑龙的活水。

醒呀！勇武的单于，醒呀！

（蒙）　我有大漠供你的驰骤。
我有西套作你的庖厨，
醒呀！伟大的可汗，醒呀！

（回）　我给你筑碧玉的洞宫，
我请你在葱岭上巡狩。
醒呀！神圣的苏丹，醒呀！

（藏）　我吩咐喇嘛日夜祷求，
我焚起麝香来欢迎你。
醒呀！庄严的活佛，醒呀！

（众）　让这些祷词攻破睡乡的城，
让我们把眼泪来浇醒你。
威严的大王呀，你可怜我们！
我们的灵魂儿如此的战栗！

醒呀！请扯破了梦魔的网罗。
神州给虎豹豺狼糟蹋了。
醒了罢！醒了罢！威武的神狮！
听我们在五色旗下哀号。

这些是历年旅外因受尽帝国主义的闲气而喊出的不平的呼声；本已交给留美同人所办一种鼓吹国家主义的杂志名叫

《大江》的了。但目下正值帝国主义在沪汉演成这种惨剧，而《大江》出版又还有些日子，我把这些诗找一条捷径发表了，是希望他们可以在同胞中激起一些敌忾，把激昂的民气变得更加激昂。我想《大江》的编辑必能原谅这番苦衷。

作者

七子之歌

邶有七子之母不安其室。七子自怨自艾，冀以回其母心。诗人作《凯风》以愍之。吾国自尼布楚条约迄旅大之租让，先后丧失之土地，失养于祖国，受虐于异类，臆其悲哀之情，盖有甚于《凯风》之七子，因择其与中华关系最亲切者七地，为作歌各一章，以抒其孤苦亡告，眷怀祖国之哀忱，亦以励国人之奋兴云尔。国疆崩丧，积日既久，国人视之漠然。不见夫法兰西之 Alsace-Lorraine 耶？“精诚所至，金石能开。”诚如斯，中华“七子”之归来其在旦夕乎？

澳　门

你可知“妈港”不是我的真名姓？
我离开你的襁褓太久了，母亲！
但是他们掳去的是我的肉体，
你依然保管着我内心的灵魂。

三百年来梦寐不忘的生母啊！
请叫儿的乳名，叫我一声“澳门”！
母亲！我要回来，母亲！

香 港

我好比凤阙阶前守夜的黄豹，
母亲呀，我身分虽微，地位险要。
如今狞恶的海狮扑在我身上，
啖着我的骨肉，咽着我的脂膏；
母亲呀，我哭泣号啕，呼你不应。
母亲呀，快让我躲入你的怀抱！
母亲！我要回来，母亲！

台 湾

我们是东海捧出的珍珠一串，
琉球是我的群弟我就是台湾。
我胸中还氤氲着郑氏的英魂，
精忠的赤血点染了我的家传。
母亲，酷炎的夏日要晒死我了；
赐我个号令，我还能背城一战。
母亲！我要回来，母亲！

威海卫

再让我看守着中华最古的海，
这边岸上原有圣人的丘陵在。
母亲，莫忘了我是防海的健将，
我有一座刘公岛作我的盾牌。
快救我回来呀，时期已经到了。
我背后葬的尽是圣人的遗骸！
母亲！我要回来，母亲！

广州湾

东海和硇洲是一双管钥，
我是神州后门上的一把铁锁。
你为什么把我借给一个盗贼？
母亲呀，你千万不该抛弃了我！
母亲，让我快回到你的膝前来，
我要紧紧的拥抱着你的脚踝。
母亲！我要回来，母亲！

九　龙

我的胞兄香港在诉他的苦痛，
母亲呀，可记得你的幼女九龙？
自从我下嫁给那镇海的魔王，

我何曾有一天不在泪涛汹涌！
母亲，我天天数着归宁的吉日，
我只怕希望要变作一场空梦。
母亲！我要回来，母亲！

旅顺，大连

我们是旅顺，大连，孪生的兄弟。
我们的命运应该如何的比拟？
两个强邻将我来回的蹴蹋，
我们是暴徒脚下的两团烂泥。
母亲，归期到了，快领我们回来。
你不知道儿们如何的想念你！
母亲！我们要回来，母亲！

爱国的心

我心头有一幅旌旆，
没有风时自然摇摆；
我这幅抖颤的心旌，
上面有五样的色彩。

这心腹里海棠叶形，
是中华版图的缩本；
谁能偷去伊的版图？
谁能偷得去我的心？

我是中国人

我是中国人，我是支那人，
我是黄帝的神明血胤；
我是地球上最高处来的，
帕米尔便是我的原籍。

我的种族是一条大河，
我们流下了昆仑山坡，
我们流过了亚洲大陆，
我们流出了优美的风俗。

伟大的民族，伟大的民族！
五岳一般的庄严正肃，
广漠的太平洋的度量，
春云的柔和，秋风的豪放！

我们的历史可以歌唱，

他是尧时老人敲着木壤，
敲出来的太平的音乐——
我们的历史是一首民歌。

我们的历史是一只金罍，
盛着帝王祀天的芳醴——
我们敬天我们顺天，
我们是乐天安命的神仙。

我们的历史是一掬清泪，
孔子哀悼死麒麟的泪；
我们的历史是一阵狂笑，
庄周，淳于髡，东方朔的笑。

我是中国人，我是支那人，
我的心里有尧舜的心，
我的血是荆轲聂政的血，
我是神农黄帝的遗孽。

我的智慧来得真离奇，
他是河马献来的馈礼；
我这歌声中的节奏，
原是九苞凤凰的传授。

我心头充满戈壁的沉默，
脸上有黄河波涛的颜色，

泰山的石霤滴成我的忍耐，
峥嵘的剑阁撑出我的胸怀。

我没有睡觉！我没有睡觉！
我心中的灵火还在燃烧；
我的火焰他越烧越燃，
我为我的祖国烧得发颤。

我的记忆还是一根麻绳，
绳上束满了无数的结梗；
一个结子是一桩史事——
我便是五千年的历史。

我是过去五千年的历史，
我是将来五千年的历史。
我要修葺这历史的舞台，
预备排演历史的将来。

我们将来的历史是一首歌，
还歌着海晏河清的音乐；
我们将来的历史是一杯酒，
又在金罍里给皇天献寿。

我们将来的历史是一滴泪，
我的泪洗尽人类的悲哀；
我们将来的历史是一声笑，

我的笑驱尽宇宙的烦恼。

我们是一条河，一条天河，
一派浑浑噩噩的光波——
我们是四万万不灭的明星，
我们的位置永远注定。

伟大的民族！伟大的民族！
我是东方文化的鼻祖，
我的生命是世界的生命，
我是中国人，我是支那人！

长城下之哀歌

啊！五千年文化的纪念碑哟！
伟大的民族的伟大的标帜！……
哦，那里是赛可罗坡的石城？
那里是贝比楼？那里是伽勒寺？
这都是被时间蠹蚀了的名词；
长城？肃杀的时间还伤不了你。

长城啊！你又是旧中华的墓碑，
我是这墓中的一个孤鬼——
我坐在墓上痛哭，哭到地裂天开，
可才能找见旧中华的灵魂，
并同我自己的灵魂之所在？……
长城啊！你原是旧中华的墓碑！

长城啊！老而不死的长城啊！
你还守着那九曲的黄河吗？

你可听见他那消沉的脉搏？
你的同僚怕不就是那金字塔？
金字塔，他虽守不住他的山河，
长城啊！你可守得住你的文化！

你是一条身长万里的苍龙，
你送帝轩辕升天去回来了，
偃卧在这里，头枕沧海，尾蹋昆仑，
你偃卧在这里看护他的子孙。
长城啊！你可尽了你的责任？
怎么黄帝的子孙终于“披发左衽！”

你又是一座曲折的绣屏：
我们在屏后的华堂上宴饮——
日月是我们的两柱纱灯，
海水天风和着我们高咏，
直到时间也为我们驻辔流连，
我们便挽住了时间放怀酣寝。

长城啊！你为我们的睡眠担当保障；
待我们睡锈了我们的筋骨，
待我们睡忘了我们的理想，
流贼们忽都爬过我们的围屏，
我们那能御抗？我们只得投降，
我们只得归附了狐群狗党。

长城啊！你何曾隔阂了匈奴，吐蕃？
你又何曾障阻了辽，金，元，满？……
古来只有塞下的雪没马蹄，
古来只有塞上的烽烟云卷，
古来还有胡骢载着一个佳人，
抱着琵琶饮泣，驰出了玉关！……

唉！何须追忆得昨日的辛酸！
昨日的辛酸怎比今朝的劫数？
昨日的敌人是可汗，是单于，
都幸而闯入了我们的门庭，
洗尽腥膻攀上了文明的坛府——
昨日的敌人还是我们的同族。

但是今日的敌人，今日的敌人，
是天灾？是人祸？是魔术，是妖氛？
哦，铜筋铁骨，嚼火漱雾的怪物，
运输着罪孽，散播着战争，……
哦，怕不要扑熄了我们的日月，
怕不要捣毁了我们的乾坤！

啊！从今那有珠帘半卷的高楼，
整日里睡鸭焚香，龙头泻酒，
自然歌稳了太平，舞清了宇宙？
从今那有石坛丹灶的道院，
一树的碧阴，满庭的红日——

童子煎茶，烧着了枯藤一束？

那有窗外的一树寒梅，万竿斜竹，
窗里的幽人抚着焦桐独奏？
再那有荷锄的农夫踏着夕阳，
歌声响在山前，人影没入山后？
又那有柳荫下系着的渔舟，
和细雨斜风催不回去的渔叟？

哦，从今只有暗无天日的绝壑，
装满了么小微茫的生命，
像黑蚁一般的，东西驰骋——
从今只有半死的囚奴：鹄面鸠形，
抱着金子从矿坑里爬上来，
给吃人的大王们献寿谢恩。

从今只有数不清的烟突，
仿佛昂头的毒蟒在天边等候，
又像是无数惊恐的恶魔，
伸起了巨手千只，向天求救，
从今瞥着万只眼睛的街市上，
骷髅拜骷髅，骷髅赶着骷髅走。

啊！你们夸道未来的中华，
就夸道万里的秦岭蜀山，
剖开腹脏，泻着黄金，泻着宝钻；

夸道我们铁路络绎的版图，
就像是网脉式的楮叶一片，
停泊在太平洋底白浪之间。

又夸道麕载归来的战舰商轮，
载着金的，银的，形形色色的货币，
镌着英皇乔治，美总统林肯，
各国元首的肖像，各国的国名；
夸道西欧的海狮，北美的苍隼，
俯首锻翮，都在上国之前请命。

你们夸道东方的日耳曼，
你们夸道又一个黄种的英伦——
哈哈！夸道四千年文明神圣，
俯首帖耳的堕入狗党狐群！
啊！新的中华吗？假的中华哟！
同胞啊！你们才是自欺欺人！

哦，鸿荒的远祖——神农，黄帝！
哦，先秦的圣哲——老聃，宣尼！
吟着美人香草的爱国诗人！
饿死西山和悲歌易水的壮士！
哦，二十四史里一切的英灵！
起来呀，起来呀，请都兴起——

请鉴察我们的悲哀，做我的质证，

请来看看这明日的中华——
庶祖列宗啊！我要请问你们：
这纷纷的四万万走肉行尸，
你们还相信是你们的血裔？
你们还相信是你们的子孙？

神灵的祖宗啊！事到如今，
我当怨你们筑起这各种城寨，
把城内文化的种子关起了，
不许他们自由飘播到城外，
早些将礼义的花儿开遍四邻，
如今反教野蛮的荆棘侵进城来。

我又不懂这造物之主的用心，
为何那里摊着荒绝的戈壁，
这里架起一道横天的葱岭，
那里又停着浩荡的海洋，
中间藏着一座蓬莱仙境，
四周围又堆伏着魍魉猩猩？

最善哭的太平洋！只你那容积，
才容得下我这些澎湃的悲思。
最宏伟，最沉雄的哀哭者哟！
请和着我放声号咷地哭泣！
哭着那不可思议的命运，
哭着那亘古不灭的天理——

哭着宇宙之间必老的青春，
哭着有史以来必散的盛筵，
哭着我们中华的庄严灿烂，
也将永远永远地烟消云散。
哭啊！最宏伟，最沉雄的太平洋！
我们的哀痛几时方能哭完？

啊！在麦垅中悲歌的帝子！
春水流愁，眼泪洗面的降君！
历代最伤心的孤臣节士！
古来最善哭的胜国遗民！
不用悲伤了，不用悲伤了，
你们的丧失究竟轻微得很。

你们的悲哀算得了些什么？
我的悲哀是你们的悲哀之总和。
啊！不料中华最末次的灭亡，
黄帝子孙最彻底的堕落，
毕竟要实现於此日今时，
毕竟在我自己的眼前经过。

哦，好肃杀，好尖峭的冰风啊！
走到末路的太阳，你竟这般沮丧！
我们中华的名字镌在你身上；
太阳，你将被这冰风吹得冰化，
中华的名字也将冰得同你一样？

看啊！猖獗的冰风！狼狈的太阳！

哦，你一只大雕，你从哪里来的？
你在这铅铁的天空里盘飞；
这八达岭也要被你占了去，
筑起你的窠巢，蕃殖你的族类？
圣德的凤凰啊！你如何不来，
竟让这神州成了恶鸟的世界？

雹雪重载的冻云来自天涯，
推搪着，摩擦着，在九霄争路，
好像一群激战的天狼互相鏖杀。
哦，冻云涨了，滚落在居庸关下，
苍白的冻云之海弥漫了四野——
哎呀！神州啊！你竟陆沉了吗？

长城啊！让我把你也来撞倒，
你我都是赘疣，有些什么难舍？
哦，悲壮的角声，送葬的角声——
画角啊！不要哀伤，也不要诅骂！
我来自虚无，还向虚无归去，
这堕落的假中华不是我的家！

南海之神

——中山先生颂

一 神之降生

炎风煽惑了龃龉的波浪；
海水熬成了一锅热油——
大波噬着小澜，惊涛扑着骇浪，
妖云在摇旗，迅雷在呐喊，
天是精铜的破镜一面；
世界要变成一场大血战。
贝阙里的老龙睡得不安，
仿佛听见了一阵隐约的哭声，
像是九霄云外的哀鸿航过。
慈悲的泪在他脸上开成了珠花。
忽地他长啸一声——天昏地黑，
南海岸上一个婴儿坠地了！

婴儿醒了，呱呱的哭声
载满了一个民族的悲哀。
婴儿又睡了，沉默笼罩着宇宙，
于是蔚蓝的高天是父的庄严，
葱绿的大地是母的慈爱。
于是畏惧坐镇在人之心上；
鸟儿的歌声涌到喉间又吞下去了，
花瓣儿浮在空中不敢坠落……
一切都敛息屏声，
护持着这新生命的睡眠，
倾听着这新脉搏的节奏。
一切的生命都要让开路来，
尽这一道新生命往前先走。
于是宇宙万物尽他们所有的
都献给他作为庆贺的仪程了：
巍峨的五岳献给他庄严；
瞿塘滟滪的石壁献给坚忍；
从深山峭谷里探出路径，
捣石成沙，撞断巫山十二峰，
奔流万里，百折不回的扬子江，
献给他寰球三大毅力之一，
浩荡的太平洋献给他度量，
轻身狎浪的海鸥又献给他冒险精神。
谁献给他慈蔼的美德？
说苏了小草的春雨和吹着麦浪的薰风；
谁献给他先觉的智慧？——踞阜的晨鸡；

谁献给他决斗的精神？——负隅的困兽；
九天的雷霆献给他洞察的眼光；
然后造物者又把创造的全能交付给他了。

于是全宇宙长在一个人的躯壳里了；
啊，一个宇宙在人间歌哭言笑！
一个宇宙在人间奔走呼号！
于是赤县神州有一个圣人
同北邻建树赤帜的圣人比肩，
同西邻的 Mahatma 争衡，
同太平洋彼岸上为一个奴隶民族
解脱了枷锁的圣人并驾齐驱！

二　纪元之创造

百尺的朱门关闭了五千年；
黑色的苔藓侵蚀了雕梁画栋，
野蜂的兽环的口里作了巢，
屋脊上的飞鱼、鸱吻、铜雀、宝瓶……
狼藉的臭秽的壕沟里。
宇宙乘除了五千个春秋，
积尘瘗没了浮钷钉，
百尺的朱门依然没有人来开启。
风雨如晦鸡鸣不已的时候，
忽然来了一个愁容满面的巨人，
擎着一只熊熊的火把，

走上门前拍一拍门环，叫一声：
“开门呀！”
一阵蝙蝠从砖缝瓦罅里飞出来了，
失了胶黏力的灰泥垩粉，
纷纷的洒落在他头上，
他又叫一声，速叫几声……
他耳边但有危梁欹柱解体脱节的异响，
总听不见应门的人声，
滚滚的热泪流到喉咙里来了，
他将热泪咽下了，又大叫数声，
在门扉上拳椎脚踢，
在门扉上拳椎脚踢，
他吼声如雷，他洒泪如雨……
全宇宙的震怒在他的身中烧着了。
他是一座洪炉——他是洪炉中的一条火龙，
每一颗鳞甲是一颗火星，
每一条须髯是一条火焰。
时期到了！时期到了！他不能再思了！
于是他挥起巨斧，巨斧在他手中抖颤——
摩天的巨斧像山岳一般倒下来了，
咯的一声——阊阖洞开了！
騞的一声——飞昂折倒了！
騞的一声——黄阙丹墀变成齑粉了！
于是在第二个盘古的神斧之下，
五千年的金龙宝殿一扫而空——
前五千年的盘踞地禅让给后五千年了。

于是中华的圣人创造了一个新纪元，
这圣人是我们中华历史上的赤道，
他的前面是个半球，
他的后面又是一个半球，
他是中华文化的枢纽，
他转斡了四万万生灵的命运！

三　祈祷

神通广大的救星啊！请你听！
请将神光辐射的炬火照着我们；
勇武聪睿的主将啊！请你听！
请将你的大毒掩覆我们颤栗的灵魂，
仓公扁鹊——起死回生的国手啊！
请用神灵的刀圭铲除了这遍体的疮痍；
仁爱的牧者啊！我们是亡告的羊群，
豺狼当道，请你保护我们的生命！

我们虽是不肖的儿女，背恩的奴隶——
我们自身鄙吝反而猜疑你的恩惠，
自身愚蠢因之妒嫉你的聪明；
但是神明宽厚的主将啊！
请你宽赦我们，请你饶恕我们，
让我们流出忏悔的血泪洗你心上的伤痕，
让这四万万颗赤心都焚起一瓣自新的心香，
让心香的馥郁薰灭了你的悲酸的记忆，

广大无边，海函地负的精神啊，
让我们忏悔！让我们忏悔！

我们祸孽深重，我们万死不容，
你本不当赐给我们非分的原宥，
我们是龌龊的虮虱一群，
我们嘬饮你的血汗来滋养自身的肌肉。
你的神炬作了我们夜劫的火把，
你的战旗是我们行凶时护身的符箓，
你的名字在我们脚下踩成笑柄。
我们都是你的罪人！

你是行天的赤日，光明的输送者，
我们是蜀山中的村犬，
我们在黯谷中生活，反而狂吠你的光明。
我们是饕餮的鸱鸮啄着腐鼠，
你是高洁的鹓雏从我们头上飞过，
我们的猜忌便迸作毒狠的诅骂，
我们是商受不懂圣人的心如何构造，
便将你的心剜了出来查验他的孔窍。
我们戏谑你到了不堪的程度，
哦，让我们忏悔！让我们忏悔！

让洞庭的波涛涤祛我们的罪恶！
让九天的黑云掩着我们的羞耻！
让十八层地狱的火烧着我们的心脏！

让峨嵋、剑阁和青泥的四万八千哀猿
同声叫着，叫出我们的酸悲！……
哦，让我们忏悔！让我们忏悔！

哦，神秘伟大的灵魂啊！
你戴着痛苦如同戴着荣华一般——
荆棘之冠在你头上变成了璀璨玉冕；
悲哀之泪像倒流的弱水，
流到你心中潴成了仁爱的仙海……
你是那样的神秘！那样的伟大！
你定让我们忏悔！让我们忏悔！

神秘伟大的神灵啊！
让我们赞美你！让我们膜拜你！
让我们从你身上支取力量，
因为你是四万万华胄的力量之结晶。
让我们从你身上看到中华昨日的伟大，
从你身上望到中华明日的光荣——
让我们的希望从你身上发生。
伟大的神！仁爱的神！勇武的神啊！
让我们赞美你！让我们礼拜你！
但是先让我们忏悔，先让我们忏悔！

唁 词

——纪念三月十八日的惨剧

没有什么！父母们都不要号咷！
兄弟们，姊妹们也都用不着悲恸！
这青春的赤血再宝贵也没有了，
盛着他固然是好，泼掉了更有用。

要血是要他红，要血是要他热；
那脏完了，冷透了的东西谁要他？
不要愤嫉，父母，兄弟和姊妹们！
等着看这红热的开成绚烂的花。

感谢你们，这么样丰厚的仪程！
这多年的宠爱，矜怜，辛苦和希望。
如今请将这一切的交给我们，
我们要永远悬他在日月的边旁。

这最末的哀痛请也不要吝惜。

（这一阵哀痛可磔碎了你们的心！）
但是这哀痛的波动却没有完，
他要在四万万颗心上永远翻腾。

哀恸要永远咬住四万万颗心，
那么这哀痛便是忏悔，便是惕警。
还要把馨香缭绕，俎豆来供奉！
哀痛是我们的启示，我们的光明。

欺负着了

你怕我哭？我才不难受了；
这一辈子我真哭得够了！
那儿有的事？——三年哭两个，
谁家的眼泪有这么样多？

我一个寡妇，又穷又老了，
今日可给你们欺负着了！

你，你为什么又往家里跑？
再去，送去给他们杀一刀！
看他们的威风有多么大……
算我白养了你们哥儿仨！

我爽兴连这个也不要了，
就算我给你们欺负着了！

为着我教你们上了学校，
没有教你们去杀人绑票——
不过为了这点铓，这点错，
三个儿子整杀了我两个！

这仇有一天我总得报了，
我不能给你们欺负着了！

好容易养活你们这般大，
凭什么我养的让他们杀？
我倒要问问他们这个理，
问问他们杀了可赔得起？

杀了我儿子，你们就好了？
我可是给你们欺负着了！
老大为他们死给外国人，
老二帮他们和洋人拼命——
帮他们又被他们活杀死，
这到底到底是怎么回事！

三儿还帮不帮你们闹了？
我总算给你们欺负着了！

你也送去给他们杀一刀，
杀完了就再没有杀的了！
世界上有儿子的多得很，

我要看他们杀不杀得尽！

我真是给你们欺负恼了！
我可不给你们欺负着了？

文　章

文艺与爱国

——纪念三月十八

铁狮子胡同大流血之后《诗刊》就诞生了，本是碰巧的事，但是谁能说《诗刊》与流血——文艺与爱国运动之间没有密切的关系？

“爱国精神在文学里，”我让德林克瓦特讲，“可以说是与四季之无穷感兴，与美的逝灭，与死的逼近，与对妇人的爱，是一种同等重要的题目。”爱国精神之表现于中外文学里已经是层出不穷，数不胜数了。爱国运动能够和文学复兴互为因果，我只举最近的一个榜样——爱尔兰，便是明确的证据。

我们的爱国运动和新文学运动何尝不是同时发轫的？他们原来是一种精神的两种表现。在表现上两种运动一向是分道扬镳的。我们也可以说正因为他们没有携手，所以爱国运动的收效既不大，新文学运动的成绩也就有限了。

爱尔兰的前例和我们自己的事实已经告诉我们了：这两种运动合起来便能够互收效益，分开来定要两败俱伤。所以《诗刊》的诞生刚刚在铁狮子胡同大流血之后，本是碰巧的；我却希望大家当他不是碰巧的。我希望爱自由，爱正义，爱理想的热血要流在天安门，流在铁狮子胡同，但是也要流在笔尖，流在纸上。

同是一个热烈的情怀，犀利的感觉，见了一片红叶掉下地来，便要百感交集，“泪浪滔滔”，见了十三龄童的赤血在地下踩成泥浆子，反而漠然无动于中。这是不是不近人情？我并不要诗人替人道主义同一切的什么主义捧场。因为讲到主义便是成见了。理性铸成的成见是艺术的致命伤；诗人应该能超脱这一点。诗人应该是一张留声机的片子，钢针一碰着他就响。他自己不能决定什么时候响，什么时候不响。他完全是被动的。他是不能自主，不能自救的。诗人做到了这个地步，便包罗万有，与宇宙契合了。换句话说，就是所谓伟大的同情心——艺术的真源。

并且同情心发达到极点，刺激来得强，反动也来得强，也许有时仅仅一点文字上的表现还不够，那便非现身说法不可了。所以陆游一个七十衰翁要“泪洒龙床请北征”，拜伦要战死在疆场上了。所以拜伦最完美，最伟大的一首诗，也便是这一死。所以我们觉得诸志士们三月十八日的死难不仅是爱国，而且是伟大的诗，我们若得着死难者的热情的一部分，便可以在文艺上大成功；若得着死难者的热情的全部，便可以追他们的踪迹，杀身成仁了。

因此我们就将《诗刊》开幕的一日最虔诚的献给这次死难的志士们了！

伟大的事实　不朽的意义

——给教导团诸君致敬

正如日前天空中有一个人一生见不到一次的“白虹贯日”的异象显现，我却在屋子里乱忙，没有看见，我们也常常让伟大的历史从我们身边过去，当时漫不经心，却等事后再去追怀，向往，去悬旗，放假，在纪念会中慷慨陈词，溢洋赞叹。假如我们能将那份热情，就在当时，亲手献给那些活生生的历史英雄，说不定那对于他们更是一个实惠，他们带着那分慰藉与同情，在艰辛困苦的搏斗中，说不定会更有勇气，更有力量，能创造出更瑰伟的奇迹来。这次由青年知识分子组成的教导团第一团第一二三营诸君过昆飞印的壮举，无疑是伟大历史中最伟大的一页。它应当是这几日报纸上最大的标题，甚至号外的资料，它应该在举国若狂的欢呼与流泪中，接受更多的热，好叫它自己的成就发出更大的光。然而我们这生活在八股传统里的民族，只会在粉墙上写“好男儿，要当兵”一类的官样文章，等真正的“好男儿”露了面反让他们悄悄的自来自去，连一个招呼也没有。试想这是一个什么国度！没有同情，没有热，是麻木不仁？还是忘恩负义？不过也许惟其如此，“好男儿”们才更觉可敬，可佩。伟大的永远是孤寂的。让千百年后流着感激的泪，腾起赞美的歌声，但在他们自己的岁月中，悄悄的自来自去，正是他们的风度。

旧式的营伍训练，目的只在教士兵的心理上消除恐惧，鼓起勇气，增加忿怒，盲目的服从长官。这些为旧式的战争，是足够的，但对于使用新式武器的新式的战争，就不适合了。据说机械化的进步产生了一种新的训练方法的需要，一个新式士兵必须知道如何同一小队士兵合作，如何作临机应变的决定，如何用自己的眼光来判断。只是听人指挥，受人驱策，说打就打，说死就死，像诗人邓尼孙在《六百壮士冲锋歌》里所说的一般，在九十年前行，今天在坦克车上，在装配机关枪的摩托车上，士兵也会打，也会死，但也要了解为何而打，为何而死。这种战争的变质，已够说明了为应付现阶段战争，我们兵员的来源应该在哪里。仅仅具有奋勇与耐劳等美德的从农民出身的战士，可以担当前几期抗战的任务，那便是消极的使我们少败一点的任务。但目前的工作，是与盟邦合作，运用真正近代的战术来积极的争取胜利，我们知道能担当这样工作的战士，除了上述诸美德外，还需要知识与机警。所以最有资格充当这种战士的，无非是青年知识分子。情势不许我们再弥留在少败一点的局面中，我们得赶紧攫取胜利，时机已经来到，我们非拿出“最后一张牌”不可，为了民族的永生，我们不能再吝惜我们最宝贵的血。果然知识青年认清了时代的使命，站起来了，承受了他们的责任，谈胜利，这才是我们最确切的胜利的保证。然而教导团的意义，还不止此。

在建国的工作中，如同在抗战的工作中一样，他们也享有不朽的光辉。因为我们知道战术的近代化不只在器械，也包括了运用器械的人，而人究竟比器械更重要，所以他们又实在代表了我们国防近代化的开端。以上关于教导团在抗战与建国工作上双重的军事意义，是比较浅而易见的，现在我们还指出另外两种也许更深远的意义。在二千年君主政治之下，国家的土地和与土地不能分离的生产奴隶——人民，都是帝王们的私产。奴隶照例得平时劳力，战时卖命，反正他们是工具，不是“人”。只有那由部分的没落的贵族，和部分的超升的奴隶组成的士大夫阶级，因为替帝王当管家，任官吏，而特蒙恩宠，他们才享受“人”的权利，既不必十分劳力，也不需要卖命。只是遇到财产的安全民生的问题，管家这才有时不能不在比较没有生命危险的“运筹帷幄”的方式之下，尽其捍卫之责，那便是所谓儒将了。这种工作其实并不是他们的职责，他们只是以“票友”的资格来参加的。至于那真正需要卖命的士卒的任务，自然更不在他们分内。所谓“好人不当兵”，便等于说“管家不管卖命”。

本来管的是旁人的家，为旁人的事卖自己的命，“好人”当然不干，所以自古只闻有儒将（数目也不太多），不闻有“儒兵”之称。这一切的症结只在国家的主人是帝王，在管家的看来，谁做主人都不是一样？犯得上为新旧主人间的厮杀，卖自己的命吗？但是如果谁自己想当主人，那情形就不同了，那他就不妨把自己的家族变成子弟兵，而自身也得身先士卒，做个卖命的表率。这一来。问题的真相便更明白了，要“好人”当兵，便非允许他做自家的主人不可。在原则上，辛亥革命以后，每一个中华民国的国民，已经取得了主人的资格，但打了七年仗，为什么直到最近，才有真正的“儒兵”出现呢？这可见我们的“好人”一生只以得到主人的名为满足，而不顾主人的实，所以他们既不愿意尽主人的义务，也不大关心于主人的权利。今天成千的青年知识分子，为了一个神圣的呼唤，站起来了，准备以他们那宝贵的“好人”的血捍卫他们自己的“家”，这是二千年来“好人”阶级第一次决心放弃“管家”的职业，亲身负起主人的责任。我们相信义务与权利之不可分离，有其绝对的必然性，所以我们看出成千的尽义务的身手，也就是讨权利的身手，正如那数目更为广大的在各级学校里尽义务的唇舌，也就是索权利的唇舌一样。

不要忽略知识青年从军的政治意义，这是民主怒潮中最英勇的急先锋。

先尽义务，不怕权利不来，人民进步了，政府也必然进步！

至于在君政治下，那不属于管家阶级的不会想，不会讲的人群，在主人眼里原是附属于土地上的一种资产，既是资产，就可被爱惜，也可供挥霍，全凭主人的高兴，所以卖命几乎是这般人不容旁贷的责任。所谓“寓兵于农”，便等于说：“劳了力的还要卖命，卖命的也要劳力。”

为什么没听说：“寓兵于士”呢？是否“好人”既不屑劳力，更说不上卖命呢？好了，君主政治下是谈不到平等的，所以，我们要民主。但是中华民族抗战了七年，也还一向是某一种出身的人单独担任着“成仁”的工作，这是平等吗？姑无论在那种不平等的状态下，胜利未见真能到手，即令能够，这样的胜利，与其说是光荣，不如说是耻辱。因此我们又得感谢这群青年，耻辱已经由他们开始洗清了，他们已正式加入了伟大的行列，分担着艰难的责任。为了他们的行动，从今天起，中国人再无须有“好人”与“非好人”的表现，又是知识青年从军所代表的重大的社会意义，这一点也是我们不应忽略的。

知识青年从军运动刚在发轫的期间，它的规模还不够广大，但它的意义是深远的，而且是丰富的。如何爱护，并培养这个嫩芽，使它滋生，长大，开出灿烂的花，结成肥硕的果，这是国家，社会，尤其是该团各位长官的责任！

但是可爱的孩子们！你们脚下是草鞋，夜间只有一床军毯，你们脸上是什么？风尘，还是菜色？还有身上的，是疮疤，还是伤痕？然而我知道，你们还没上过战场！长官们，好生看着你们的孩子吧！他们的父母会心疼的，何况这些又是国家的光荣，民族的命脉呢！

可怕的冷静

一个从灾荒里长成的民族，挨着一切的苦难，总像挨着天灾一样，以麻木的坚忍承受打击，没有招架，没有愤怒，甚至没有呻吟，像冬眠的蛰虫一般，只在半死状态中静候着第二个春天的来临，——这样便是今天的中国，快挨过了第七个年头的国难，它还准备再挨下去，直到那一天，大概一觉醒来，自然会发现胜利就在眼前。客观上，战争与饥饿本也久已打成一片了，因此，愈是实质的战斗员，愈有挨饿的责任，不像人家最前线的人们吃得最好最饱，我们这里真正的饿莩恰恰就是真正的兵士。抗战与灾荒既已打成一片，抗战期中的现象，便更酷肖荒年的现象了。照例是灾情愈重，发财的愈多，结果贫穷的更加贫穷，富贵的更加富贵。照例是灾情严重了，呼吁的声音海外比国内更响，于是救济的主要责任落在外人身上，而国内人士，相形之下，便愈能显出他们那“不动心”的沉着而雍容的风度了。现在一切荒年的社会现象在抗战中又重演一次，不过规模更大，严重性更深刻些罢了。但是说来奇怪，分明是痼疾愈深，危机愈大，社会表层偏要装出一副太平景象的面孔。配合着冠冕堂皇的要人谈话和报纸社评的，是一般社会情绪——今天一个画展，明天一个堂会，“顾左右而言他”的副刊和小报一天天充斥起来，内容一天比一天软性化。从抗战开始以来，没有见过今天这样“众人熙熙，如享太牢，如登春台”的景象，这不知道是肺结核患者脸上的红晕呢，还是将死前的回光返照！

一部分人为着旁人的剥削，在饥饿中畜生似的沉默着，另一部分人却在舒适中兴高采烈的粉饰着太平，这现象是叫人不能不寒心的，如果他还有一点同情心与正义感的话。然而不知道是为了谁的体面，你还不能声张。最可虑的是不通世故而血气方刚的青年，面对这种事实，又将作何感想？对了，怕动摇抗战，但饥饿能抗战吗？粉饰饥饿就是抗战吗？如果抗战是天经地义，不要忘记当年的青年，便是撑持这天经地义最有力的支柱，可见青年盲目而又不盲目，在平时他不免盲目，在非常时期他却永远是不盲目的。原来非常时期所需要的往往不是审慎，而是勇气，而在这上面，青年是比任何人都强的。正如当年激起抗战怒潮的是青年，今天将要完成抗战大业的力量，也正是这蕴藏在青年心灵中的烦躁。这不是浮动，而是活力的脉搏。民族必需生存，抗战必需胜利，在这最高原则之下，任何平时的轨范都是可以暂时搁置的枝节。火烧上了眉毛，就得抢救。这是一个非常时期！

如果老年人中年人能负起责任，那自然更好，但事实上，战争先天的是青年人的工作（它需要青年的体质和青年的热情），所以如果老年人中年人肯负起责任，也只是参加青年的工作，或与青年分工合作，而不是代替青年的工作。战争既先天的是青年的工作，那么战时的国家就得以青年的意志为意志，虽则在战争的技术上，老年人中年人的智慧也是不少的。

从抗战开始到今天，我们遭遇过两个关键，当初要不要抗战，是第一个关键，今天要不要胜利，是第二个关键，而第一个关键本来早已决定了第二个，因为既打算抗战，当然要胜利。但事实上目前的一切分明是朝着与胜利相反的方向发展，所以可怪的，是一部分人虽然看出方向的错误，却还要力持冷静，或从一些烦琐的立场，认为不便声张，不必声张。眼看青年完成抗战，争取胜利的意志必须贯彻，然而没有老年人中年人的智慧予以调节与指导，青年的力量不免浪费。万一还有人固执起来，利用他们的地位与力量，阴止了青年意志的贯彻，那结果便更不堪设想了。时机太危急了，这不是冷静的时候，希望老年人中年人的步调能与青年齐一，早点促成胜利的来临！大众的坚忍的沉默是可原谅的，因为他们是灾荒中生长的，而灾荒养成了他们的麻木，有着粉饰太平的职责的人们是可原谅的，因为他们也有理由麻木。可是负有领导青年责任的人们，如果过度的冷静，也是可怕的，当这不宜冷静的时候！

愈战愈强

回忆抗战初期，大家似乎不大讲到“胜利”，那时的心理与其说是胜败置之度外，还不如说是一心想着虽败犹荣。敌人是以“必定胜”的把握向我们侵略，我们是以“不怕败”的决心给他们抵抗。你无非是要我败，我偏偏不怕败，我不怕败，你便没有胜。那时人民的口号是“豁出去了！”“跟你拼了！”政府的策略是“破釜沉舟”，是“置之死地而后生”，人民和政府都不怕败，自然大家也不讳败，结果是我们愈败愈奋勇，而敌人是真把我们没办法。

武汉撤退以后，渐渐听到“争取胜利”的呼声，然而也就透露了怕败的顾虑了。

开罗会议以后，胜利俨然已经到了手似的，而一般现象，则正好表示着一些人的工作，是在“争取失败”。事实昭彰，凡是有眼睛的都看到了，有良心的都指出了，这里无需我再说，我也不忍再说，于是愈是趋向失败，愈是讳言失败，自己讳言失败，同时也禁止旁人言失败。是否表面上“失败”绝迹了，暗地里便愈好制造失败呢？抗战到了这地步，大概也是一种“置之死地而后生”的办法耍？好了，那我以老百姓的资格，也就“豁出去了！”“跟你拼了！”

所以我今天想要算帐！

算帐是一件麻烦事，但不要紧，大的做大的算，小的做小的算，反正从今以后，我不打算有清闲日子了！

比如眼前在我们昆明，就有一笔不大不小的帐值得算一算。

昨天早起出门找报看，第一家报纸给了我一个喜讯，它老老实实地告诉我，衡阳的仗咱们打好了一点，我当然很高兴。但是看到第二家报纸，却把我气昏了，就因为那标题中“我军愈战愈强”六个大字。

编辑先生！我是有名有姓的，我虽不知道你姓名，但你也必然有名有姓，你若是好汉，就请出来跟我算清这笔帐！你所谓“愈战愈强”者，如果就是今天另一家报纸标题所谓“愈战愈奋”的意思，那我就原谅你，我可怜你中国人不大会处理中国文字。如果你那“强”字是甚么“四强之一”那类“强”的意思，那我就要控告你两大罪状：一、你侮辱了我们老百姓的人格。二、你出卖了你的祖国。

难道你就忘记了，芦沟桥的烽火一起，我们挺身应战，是为了我们有十二万分胜算的把握吗？老实告诉你，除了存心利用抗战来趁火打劫的败类之外，我们老百姓果真是怕败的话，就早已都投汪精卫去了。我相信在自由中国，每一个良善的中国人，当初既是抱了拼命的决心，胜也要打，败也要打，今天还是抱定了决心，胜也要打，败也要打，何况国际的客观环境已经好转，谁又是那样的傻子，情愿让它“功亏一篑”呢？所以你如果多多给我们报导些自身的缺点，那只会增加我们的戒惧心，刺激我们的努力。你以为我们真是那样“闻败则馁”的草包吗？你若那样想，便把我们看同汪精卫之流了，你晓得那是侮辱别人的人格吗？

闻败则馁的必也闻胜则骄，你既把我们当作闻败则馁的人，那你泄露了（杜撰罢?）许多乐观的消息，难道又不怕我们骄起来吗？明知骄是抗战的鸩毒，而偏要用“愈战愈强”来灌溉我们的骄，那你又是何居心？依据你自己的逻辑，你这就是汉奸行为，因此你是出卖了你的祖国，你又晓得吗？

我们倒不怕承认自身的“弱”，愈知道自身弱在那里，愈好在各人自己的岗位上来尽力加强它。你说我们“愈强”，我倒要请你拿出事实来，好教我们更放心点。谁不愿意自己强呢！但信口开河是不负责任，存心欺骗更是无耻。六个字的标题，看来事小，它的意义却很重大。

用这字面的，本不只你一人，但是，先生，恕我这回抓住你了！你气得我一顿饭没吃好啊！然而如果在原则上你是受了谁的指示，那个指示你的人不也该是有名有姓的吗？如果他高兴，就请他出来说明也好。抗战是大家的抗战，国家是大家的国家，谁有权利来禁我发问！

画　展

我没有统计过我们这号称抗战大后方的神经中枢之一的昆明，平均一个月有几次画展，反正最近一个星期里就有两次。重庆更不用说，恐怕每日都在画展中，据前不久从那里来的一个官说，那边画展热烈的情形，真令人咋舌。（不用讲，无论哪处，只要是画展，必是国画。）这现象其实由来已久，在我们的记忆中，抗战与风雅似乎始终是不可分离的，而抗战愈久，雅兴愈高，更是鲜明的事实。

一个深夜，在大西门外的道上，和一位盟国军官狭路当逢，于是攀谈起来了。他问我这战争几时能完，我说“这当然得问你。”

“好罢！”他爽快的答道，“老实告诉你，战争几时开始，便几时完结。”事后我才明白他的意思是说，只要他们真正开始反攻，日本是不值一击的。一个美国人，他当然有资格夸下这海口。但是我，一个中国人，尤其当着一个美国人面前，谈起战争，怎么能不心虚呢？我当时误会了他的意思，但我是爱说实话的。反正人家不是傻子，咱们的底细，人家心里早已是雪亮的，与其欲盖弥彰，倒不如自己先认了，所以我的答话是“战争几时开始？你们不是早已开始了吗？没开始的只是我们。”

对了，你敢说我们是在打仗吗？就眼前的事例说，一面是被吸完血的××编成“行尸”的行列，前仆后继的倒毙在街心，一面是“琳琅满目”，“盛况空前”的画展，你能说这不是一面在“奸污”战争，一面在逃避战争吗？如果是真实而纯洁的战争，就不怕被正视，不，我们还要用钟爱的心情端详它，抚摩它，用骄傲的嗓音讴歌它。唯其战争是因被“奸污”而变成一个腐烂的，臭恶的现实，所以你就不能不闭上眼睛掩着鼻子，赶紧逃过，逃的愈远愈好，逃到“云烟满纸”的林泉丘壑里，逃到“气韵生动”的仕女前……反之，逃得愈远，心境愈有安顿，也愈可以放心大胆让双手去制造血腥的事实。既然“立地成佛”有了保证，屠刀便不妨随时拿起，随时放下，随时放下，随时拿起。原来某一类说不得的事实和画展是互为因果的，血腥与风雅是一而二，二而一罢了。诚然，就个人说，成佛的不一定亲手使过屠刀，可是至少他们也是帮凶和窝户。如果是借刀杀人，让旁人担负使屠刀的劳力和罪名，自己干没了成佛的实惠，其居心便更不可问了。你自命读书明理的风雅阶级，说得轻点，是被利用，重点是你利用别人，反正你是逃不了责任的！

艺术无论在抗战或建国的立场下，都是我们应该提倡的，这点道理并不只你风雅人士们才懂得。但艺术也要看哪一种，正如思想和文学一样，它也有封建的与现代的，或复古的与前进的（其实也就是非人道的与人道的）之别。你若有良心，有魄力，并且不缺乏那技术，请站出来，学学人家的画家，也去当个随军记者，收拾点电网边和战壕里的“烟云”回来，或就在任何后方，把那“行尸”的行列速写下来，给我们认识认识点现实也好，起码你也该在随便一个题材里多给我们一点现代的感觉，八大山人，四王，吴恽，费晓楼，改七芗，乃至吴昌硕，齐白石那一套，纵然有他们的历史价值，在珂罗板片中也够逼真的了，用得着你们那笨拙的复制吗？在这复古气焰高张的年代，自然正是你们扬眉吐气的时机。但是小心不要做了破坏民族战斗意志的奸细，和危害国家现代化的帮凶！记着我的话，最后裁判的日子必然来到，那时你们的风雅就是你们的罪状！

组织民众与保卫大西南

——民国三十三年昆明各界双十节纪念大会演讲词

诸位！我们抗战了七年多，到今天所得的是什么？眼看见盟国都在反攻，我们还在溃退，人家在收复失地，我们还在继续失地。虽然如此，我们还不警惕，还不悔过，反而涎着脸皮跟盟友说："谁叫你们早不帮我们，弄到今天这地步！"那意思仿佛是说："现在是轮着你要胜利了，我偏败给你瞧瞧！"这种无赖的流氓意识的表现，究竟是给谁开玩笑！溃退和失地是真不能避免的吗？不是有几十万吃得顶饱，斗志顶旺的大军，被另外几十万喂得也顶好，装备得顶精的大军监视着吗？这监视和被监视的力量，为什么让他们冻结在那里？不拿来保卫国土，抵抗敌人？原来打了七年仗，牺牲了几千万人民的生命，数万万人民的财产，只是陪着你们少数人斗意气的？又是给谁开的玩笑！几个月的工夫，郑州失了，洛阳失了，长沙失了，衡阳失了。现在桂林又危在旦夕，柳州也将不保，整个抗战最后的根据地——大西南受着威胁，如今谁又能保证敌人早晚不进攻贵阳，昆明，甚至重庆？到那时，我们的军队怎样？还是监视的监视，被监视的被监视吗？到那时我们的人民又将怎样，准备乖乖的当顺民吗？还是撒开腿逃？逃又逃到哪里去？逃出去了又怎么办？诸位啊！想想，这都是你们自己的事啊！国家是人人自己的国家，身家性命是人人自己的身家性命，自己的事为什么要让旁人摆布，自己还装聋作哑！谁敢掐住你们的脖子！谁有资格不许你们讲话！用人民的血汗养的军队，为什么不拿出来为人民抵抗敌人？以人民的子弟组成的队伍，为什么不放他们来保卫人民自己的家乡？我们要抗议！我们要叫喊！我们要愤怒！我们的第一个呼声是：拿出国家的实力来保卫大西南，这抗战的最后根据地的大西南！

但是，今天站在人民的立场，我们一方面固然应当向政府及全国呼吁，另一方面我们也得认清我们人民自身的责任与力量。对于保卫大西南，老实说，政府的决心是一回事，他的能力又是一回事，郑州、洛阳、长沙、衡阳的往事太叫我们痛心了，保卫国土最后的力量恐怕还在我们人民自己的身上。一切都有靠不住的时候，最可靠的还是我们人民自己。而我们自己的力量，你晓得吗？如果善于发挥，善于利用，是不可想象的强大呀！今天每一个中国人，以他人民的身分，对于他自己所在的一块国土，都应尽其保卫的责任，也尽有保卫的方法。我们这些在昆明的人无论本省的或外来的，对于我们此刻所在的这块国土——昆明市，在万一他遭受进攻时，自然也应善用我们自己的方法来尽我们自己的责任。诸位，昆明在抗战中的重要性，不用我讲，保卫昆明即所以保卫云南即所以保卫大西南，保卫大西南即所以保卫中国，不是吗？

在今天的局势下，关于昆明的前途，大概有三种看法，每种看法代表一种可能性。第一种是敌人不来，第二种是来了被我们打退，第三种是不幸我们败了，退出昆明。第一种，客观上即会有多少可能性，我们也不应该作那打算，果然那样，老实说，那你就太没有出息了！我们应该用奋发的心情准备迎接敌人的进攻，并且立志把他打退，万一不能，也要逼他付出相当代价，再作有计划的，有秩序的荣誉的退却。然后走到敌后，展开游击战争，给敌人以经常的扰乱与破坏，一方面发动并组织民众，使他成为坚强的自卫力量，以便配合着游击军。等盟国发动反攻时，我们便以地下军的姿态，卷土重来，协同他们作战以至赶走敌人，完成我们的最后胜利。我们得准备前面所说的第二种，甚至干脆的就是第三种可能的局面，我们得准备迎接一个最黑暗的时期，然后从黑暗中，用我们自发的力量创造出光明来！这是一个梦，一个美梦。可是你如果不愿意实现这个梦，另外一个梦便在等着你，那是一个噩梦。噩梦中有两条路，一条是留在这里当顺民，准备受无穷的耻辱。一条是逃，但在还没有逃出昆明城郊时，就被水泄不通的混乱的人群车马群挤死，踏死，辗死，即使逃出了城郊，恐怕走不到十里二十里就被盗匪戳死，打死，要不然十天半月内也要在途中病死饿死。……衡阳和桂林撤退的惨痛故事，我们听够了，但昆明如有撤退的一天，那惨痛的程度，不知道还要几十倍几百倍于衡阳桂林！诸位，你能担保那惨痛的命运不落到你自己头上来吗？噩梦中的两条路，一条是苟全性命来当顺民，那样可以说是一种“不自由的生”，另一条是因不当顺民就当难民，那样又可说是一种“自由的死”。但是，诸位试想为什么必得是：要不死便不得自由，要自由就得死？自由和生难道是宿命的仇敌吗？为什么我们不能有“自由的生”！

是呀！到“自由的生”的路就是我方才讲的那个美梦啊！敌人可能给我们选择的是不自由和死，假如我们偏要自由和生，我们便得到了自由的生，这便叫作“置之死地而后生”。

诸位，记住我们人民始终是要抗战到底的，万一敌人进攻，万一少数人为争夺权利闹意气而不肯把实力拿出来抵抗敌人，我们也有我们的办法。不要害怕，不管人家怎样，我们人民自始至终是有决心的，而有决心自然会有办法的。还要记住昆明在国际间“民主堡垒”的美誉，我们从今更要努力发扬民主自由的精神。哪一天我们的美梦完成了，我们从黑暗中造出光明来了，到那时中国才真不愧四强之一。强在哪里？强在我们人民，强在我们人民呀！今天政府不给人民自由，是他不要人民，等到那一天，我们人民能以自力更生的方式强起来了，他自然会要我们的。那时我们可以骄傲的对他说：“我们可以不靠你，你是要靠我们的呀！”那便是真正的民主！我们今天要争民主，我们便当赶紧组织起来，按照实现那个美梦的目标组织起来，因为这组织工作的本身便是民主，有了这个基础，我们便更有资格，更有力量来争取更普遍的，完整的和永久的民主政治。

五四运动的历史法则

大家都知道，近百年来，中国社会是处于一种半封建性半殖民地性的状态中。封建的主人地主官僚与殖民国的主人帝国主义，这两个势力之能够同时并存于我们这里，已经说明了它们之间的一种奇异的关系，一种相反而又相成，相克而又相生的矛盾关系。在剥削人民的共同目的上，它们利害相同，所以能够互相结合，互相维护。同时分赃不匀又使它们利害冲突而不能不互相龃龉。然而它们却不能决裂。因为，他们知道，假如帝国主义独占了中国，任凭它的武器如何锋利，民族的仇恨会梗塞着它的喉头，使它不能下咽，假如封建势力垄断了中国，那又只有加深它自己的崩溃，以致在人民革命势力之前，加速它自己的灭亡。总之，被压迫被榨取的，究竟是“人”，而人是有反抗性的，反抗而团结起来，便是力量，不是民族的力量，便是民主的力量，这些对于帝国主义或封建势力，都是很讨厌的东西。于是他们想好分工合作，让地主官僚出面执行榨取的任务，以缓和民族仇恨。(这是帝国主义借刀杀人！）让帝国主义一手把着枪炮，一手提着钱袋，站在背后保镖，以软化民主势力（这是地主官僚狗仗人势!)。它们是聪明的，因为，虽然它们的欲壑都有着垄断性与排他性，它们却都愿意极力克制这些，彼此互相包容，互相照顾，互相妥协，而相安于一种近乎均势的状态中。果然，愈是这样，它们的寿命愈长，那就是说，惟其是半封建半殖民地，中国人民的解放才愈难实现。

可是，帝国主义和封建势力的寿命偏是不能长，而中国人民毕竟非解放不可！基于资本主义国家间内在的矛盾，帝国主义对中国的威力大大的受了制约，矛盾尖锐化到某种程度，使它们自相火并起来，帝国主义就得暂时退出中国。帝国主义退出了中国，人民的对手便由两个变成一个，这便好办了！只要能让人民和封建势力以一比一的力量来决斗，最后胜利定属于人民。我说最后胜利，因为一上来，封建势力凭了它那优势的据点和优势的武器，确乎来势汹汹，几乎有全盘胜利的把握。但它究竟是过了时的乏货，内部的腐化将逼得它最后必需将据点放弃，武器交出，而归于失败。五四运动及其前前后后，便是这个历史事实的具体说明。

一九一四年以前，活动于中国这个政治经济战场上的，是一种三角斗争，包括（一）各个字号的帝国主义，（二）以袁世凯为中心的封建残余势力，以及（三）代表人民力量的市民层民主革命的两股潜伏势力：（甲）国民党政治集团，（乙）北京大学文化集团。那时三个力量中，帝国主义势焰最大，封建势力仅次于帝国主义，政治上代表人民愿望的国民党，几乎是在苟延残喘的状态中保持着一线生机，至于作为后来文化革命据点的北京大学，在政治意义上，更是无足轻重，但等一九一四年，欧洲诸帝国主义国家内在的矛盾，尖锐化到不能不爆发为第一次世界大战，中国的情形便大变了。欧洲列强，不论是协约国或同盟国，为着忙于上前线进攻，或在后方防守，忽然都退出了中国。欧洲帝国主义退出了，中国社会的本质，便立时由半封建半殖民地，变为约当于百分之九十的封建，百分之十的殖民地（这百分之十的主人，不用说，就是日本）。于是袁世凯和他的集团忽然交了红运，可是袁世凯的红运实在短得可怜，而他的余孽，北洋军阀的红运也不太长。真正走红运的倒是人民，你不记得仅仅距袁氏称帝后四年，督军团解散国会和张勋复辟后二年，向封建势力突击的文化大进军，五四运动便出现了吗？从此中国土地上便不断的涌着波澜日益壮阔的民主怒潮，终于使国民革命军北伐成功，北洋军阀彻底崩溃。这时人民力量不但铲除了军阀，还给刚从欧洲抽身回来的帝国主义吃了不少眼前亏。请注意：帝国主义突然退出，封建势力马上抬头，跟着人民的力量就将它一把抓住，经过一番苦斗，终于将它打倒——这一历史公式，特别在今天，是值得我们深深玩味的！

谁说历史不会重演？虽然在细节上，今天的“五四”不同于二十六年前的“五四”，可是在主要成分上，两个时代几乎完全是一样的。第二次世界大战爆发，欧洲帝国主义退出，于是中国半殖民地的色彩取消了，半封建便一变而为全封建（请在复古空气和某种隆重礼物的进献中注意筹安会的鬼，还有这群鬼群后的袁世凯的鬼！）现在封建势力正在嚣张的时候，可是，人民也并没有闲着，代表人民愿望，发挥人民精神，唤醒人民力量的政治，文化种种集团也都不缺少，满天乌云，高耸的树梢上已在沙沙发响，近了，更近了，暴风雨已经来到，一场苦斗是不能避免的。至于最后的胜利，放心吧！有历史给你做保证。

历史重演，而又不完全重演。从二十六年前的“五四”，到今天，恰是螺旋式的进展了一周。一切都进步了。今天帝国主义的退出，除了实际活动力量与机构的撤退，还有不平等条约的取消，中国人卖身契的撕毁。这回帝国主义的退出是正式的，至少在法律上，名义上是绝对的，中国第一次，坐上了“列强”的交椅。帝国主义进一步的撤退，是促使或放纵封建势力进一步的伸张的因素，所以随着帝国主义的进步，封建势力也进步了。战争本应使一个国家更加坚强，中国却愈战愈腐化，这是什么缘故？原来腐化便是封建势力的同义语，不是战争，而是封建余毒腐化了中国。今天政治，经济，社会，文化的腐化方面，比二十六年前更变本加厉，是公认的事实。时髦的招牌和近代化的技术，并不能掩饰这些事实。反之，都是加深腐化的有力工具，和保育毒菌的理想温度。然而封建势力的进步，必然带来人民力量的进步，这可分四方面讲。（一）西南大后方市民阶层的民主运动。这无论在认识上，组织上或进行方法上，比起五四时代都进步多了，详情此地不能讨论。（二）敌后的民主中国，这个民主的大本营，论成绩和实力，远非五四时代以来所能比拟，是人人都知道的。（三）封建势力内部的醒觉分子。这部分民主势力，现在还在潜伏期中，一旦爆发，它的作用必然很大。这是五四时代几乎完全没有过的一种势力，今天在昆明，它尤其被一般人所忽略。以上三种力量都是自觉的，另有一种不自觉的，但也许比前三者更强大的力量，那便是（四）大后方水深火热中的农民。虽然他们不懂什么是民主，但是谁逼得他们活不下去，他们是懂得的。五四时代，因帝国主义退出，中国民族工业得以暂时繁荣，一般说来，人民的生活是走上坡路的。今天的情形，不用说，和那时正相反。这情形是政治腐化的结果，而政治腐化的责任，正如上文所说，是不能推在抗战身上的。半个民主的中国不也在抗战吗？而且抗得更多，人民却不饿饭。（还不要忘记那本是中国最贫瘠的区域之一。）原来抗战在我们这大后方，是被人利用了，当作少数人吸血的工具利用了。黑幕已经开始揭露，血债早晚是要还清的，到那时，你自会认识这股力量是如何的强大。

帝国主义的进步，封建势力的进步，结果都只为人民的进步造了机会，为人民的胜利造了机会。不管道路如何曲折，最后胜利永远是属于人民的，二十六年前如此，今天也如此。在“五四”的镜子里，我们看出了历史的法则。

“五四”断想

旧的悠悠死去，新的悠悠生出，不慌不忙，一个跟一个，——这是演化。

新的已经来到，旧的还不肯去，新的急了，把旧的挤掉，——这是革命。

挤是发展受到阻碍时必然的现象，而新的必然是发展的，能发展的必然是新的，所以青年永远是革命的，革命永远是青年的。

新的日日壮健着（量的增长），旧的日日衰老着（量的减耗），壮健的挤着衰老的，没有挤不掉的。所以革命永远是成功的。

革命成功了，新的变成旧的，又一批新的上来了。旧的停下来拦住去路，说：“我是赶过路程来的，我的血汗不能白流，我该歇下来舒服舒服。”新的说：“你的舒服就是我的痛苦，你耽误了我的路程”，又把他挤掉，……如此，武戏接二连三的演下去，于是革命似乎永远“尚未成功”。

让曾经新过来的旧的，不要只珍惜自己的过去，多多体念别人的将来，自己腰酸腿痛，拖不动了，就赶紧让。“功成身退”，不正是光荣吗？“后生可畏，焉知来者之不如今也！”这也是古训啊！

其实青年并非永远是革命的，“青年永远是革命的”这定理，只在“老年永远是不肯让路的”这前提下才能成立。

革命也不能永远“尚未成功”。几时旧的知趣了，到时就功成身退，不致阻碍了新的发展，革命便成功了。

旧的悠悠退去，新的悠悠上来，一个跟一个，不慌不忙，那天历史走上了演化的常轨，就不再需要变态的革命了。

但目前，我们还要用“挤”来争取“悠悠”，用革命来争取演化。“悠悠”是目的，“挤”是达到目的的手段。

于是又想到变与乱的问题。变是悠悠的演化，乱是挤来挤去的革命。若要不乱挤，就只得悠悠的变。若是该变而不变，那只有挤得你变了。

子在川上曰：“逝者如斯夫，不舍昼夜！”古训也发挥了变的原理。

一个白日梦

林荫路旁侍立着一排像是没有尽头的漂亮的黄墙，墙上自然不缺少我们这“文字国”最典型的方块字的装饰，只因马车跑得太快，来不及念它，心想反正不是机关，便是学校，要不就是营房。忽然两座约莫二丈来高，影壁不像影壁，华表不像华表，极尽丑恶之能事的木质构造物闯入了视野，像黑夜里冷不防跳出一声充满杀气的“口令！”那东西可把人吓一跳！那威凛凛的稻草人式的构造物，和它上面更威风的蓝地白书的八个擘窠大字：

顶天立地

继往开来

也不知道是出自谁人的手笔，或哪部“经典”，对子倒对顶稳的。可是当时我并没有想到那些，我只觉得一阵头昏眼花，不是吓唬的，(稻草人可吓得倒人?）我的头昏眼花恰恰是像被某种气味薰得作呕时的那一种。我问我自己，这究竟是一种什么气味？怎么那样冲人？

我想起了十字牌的政治商标，我明白了。不错，八个字的目的如果在推销一个个人的成功秘诀，那除了希特勒型的神经病患者，谁当得起？如果是标榜一个国家的立国精神，除了纳粹德国一类的世界里，又那儿去找这样的梦？想不出我们黄炎子孙也变得这样伟大！果然如此，区区个人当然“与有荣焉”，——我的耳根发热了。

个人主义和由它放大的本位主义的肥皂水，居然吹起了这样大而美丽的泡，它不但囊括了全部的空间（顶天立地），还垄断了整个的时间（继往开来）！怕只怕一得意，吹得太使劲儿，泡炸了，到那时原形毕露，也不过那么小小一滴而已，我真为它——也为我自己——捏一把汗。

个人之于社会等于身体的细胞，要一个人身体健全，不用说必需每个细胞都健全。但如果某个细胞太喜欢发达，以至超过它本分的限度而形成瘿瘤之类，那便是病了。健全的个人是必需的，个人发达到排他性的个人主义却万万要不得。如今个人主义还不只是瘿瘤，它简直是因毒菌败坏了一部分细胞而引起的一种恶性发炎的痈疽，浮肿的肌肉开着碗口大的花，那何尝不也是花花绿绿的绚烂的色彩，其实只是一堆臭脓烂肉。唉！气味便是从那里发出的吧！

从排他性的个人主义到排他性的民族主义，是必然的发展。我是英雄，当然我的族类全是英雄。炎性是会得蔓延的，这不必细说。

极端的个人主义者必然也是个唯心主义者。心灵是个人行为的发号施令者，夸大了个人，便夸大了心灵。也许我只是历史上又一个环境的幸运儿，但我总以为我的成功，完全由于自己的意志或精神力量，只因为除了我个人，我什么也没看见。我只知道向自己身上去发现成功的因素，追得愈深，想得愈玄，于是便不能有堕入唯心论的迷魂阵中。

一切环境因素，一切有利的物质条件，一切收入的帐簿都被转到支出项下了，我惊讶于自身无尽的财富，而又找不出它的来源，我的结论只好是“天生德于予”了。于是我不但是英雄，而且是圣人了！

由不曾失败的英雄，一变而为不曾错误的圣人，我便与“真理”同体化了，因而“我”与“人”就变成“是”与“非”的同义语了。从此一切暴行只要是出于我的，便是美德，因为“我”就是“是”。到这时，可怜的个人主义便交了恶运，环境渐渐于我不利，我于是猜忌，疯狂，甚至迷信，我的个人主义终于到了恶性发炎的阶段，我的结局……天知道是什么！

妇女解放问题

认清楚对象

争取妇女解放的对象该是整个社会而不是男性。一切问题都是这不合理的社会所产生，都该去找社会去算帐。但社会是看不见的，在这里只能用个人的想象来把它看成一个集体的东西——房屋。我们在这房屋中间生活了几千年，每人都被安放在一个角落上，有的被放得好，放得正，生活过得舒服，有的被放得不正，生活不舒服，就想法改良反抗，于是推推挤挤拿旁人来出气，其实，旁人也没有办法，也不能负责的，这是整个社会结构的问题，就像一座房屋，盖得既不好，年代又久了，住得不舒服，修修补补是没有用处的，就只有小心地把房屋拆下，再重新按照新的设计图样来建筑。对于社会而言，这种根本的办法，就是“革命”。革命并非毁灭，只是小心地把原料拆下来，重新照新计划改造。所以计划得很好的革命，并不是太大的事情。

奴隶制度产生的因素有二：一是种族，二是两性

现在的社会是不合理的，因为这社会里有阶级，阶级的产生由于奴隶制度。奴隶制度产生的因素有两个。一是种族，二是两性。在两个种族打仗的时候，甲族的人被乙族俘去了，作为生产工具，即是奴隶，原来平等的社会就开始分裂成主奴两个阶级。奴隶的数目愈来愈多的时候，这两个阶级的分别也愈为明显，倘没有另外的种族，那么一切不平等，阶级产生的可能性也可减少。其次，问到最初被俘的甲族人是男的还是女的，回答说是女的。被俘来的不仅作奴隶，还可作妻子。因为在图腾社会中有一种很重要的制度叫“外婚制”，就是男子不能和他本族的女子结婚，一定得找外族的女子作配偶。在这制度下两族本可交换女子结婚，但因古代婚姻，不单是解决两性的问题，重要的还是经济的问题，大家都需要生产，劳动力，女子在未嫁前帮娘家作活，娘家当然不愿她出嫁而减少一个帮手，使自己受到损失，所以老把女儿留在家里。但另一边同样急切地需要她去生产孩子，在这争持的情形下，产生了抢婚的行为，她既是被抢来的生产工人，便怕她逃回去，或被娘家的人抢回，才用绳子捆起，成为这族的奴隶，所以谈到奴隶制度时，两性的因素不可缺少，甚至“奴隶制”是“外婚制”的发展呢！

女性·奴性和妓性

中国的古人造字，‘女”字是“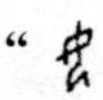”或象“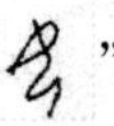”征绳子把

坐着的人捆住，而“女”字和“奴”字在古时不但声音一样，意义也相同，本来是一个字，只是有时多加一只手牵着“”而已，那时候，未出嫁的女儿叫“子”，出嫁后才叫“女”或“奴”，所以妇女的命运从历史的开始起，就这么惨了。

现在的社会里，奴隶已逐渐解放了，最先被解放的奴隶是距主人最远的农业奴隶，主人住在城里，他们住在乡间。其次被解放的是贵族的工商职奴隶，主人住在内城，他们住在外城。再其次是在主人身边伺候主人的听差老妈子，而资格最老，历史最久的奴隶——妇女——却还没有得到解放，因为她们和她们的主子——丈夫——的距离太近，关系太密切了，而且生活过得也还可以，不觉得要解放。

从历史上看中国的女性，就是奴性的同义字，三从四德就是奴性的内容。再不客气地说一句，近代西洋女性的妓性比较起来也好不了多少，只是男女关系不固定些而已。奴则老是呆在家里，不准外出，而且固定屈于一个男子，妓则要自由得多，妓因有被迫去当的，但自动去当妓多少带点反抗性，所以近代西洋的妓性比中国的奴性要好一点，因为已解放了一纲，只是不彻底而已。

真女性应该从母性出发而不从妻性出发

彻底解放了的新女性应该是真女性。我们先设想在奴隶社会没开始时的那个没有阶级，没有主奴关系的社会，真女性就该以那社会中的天然的，本来的，真正的女性做标准。有人说女子总是女子，在生理上和男子不同，就进化来证明女子该进厨房，其实是不对的，根据人类学，在原始时的女性中心社会里的女子，长得和这时代的女子不同，胸部挺起，声量宽洪，性格刚强，而那时候的男子反因坐得久了，脂肪积储在下体，使臀部变大，同时又因须抚养儿女，性情温柔，声音细弱，所以除了女子能生育而产生母子关系而外，和男子并没有什么不同。真女性就应该从母性出发而不从妻性出发，（从妻性出发不成为奴即成妓。）母亲对待儿子总是慈爱的，愿为儿子操劳，忍耐，甚至勇敢地牺牲，从母性出发的真女性是刚强的，具备一切美德如：仁慈，忍耐，勇敢，坚强，就是雌性的动物在哺乳的时候，总是比雄的还来得凶，来得可怕，俗语中的“母大虫”“雌老虎”，古书上称猎得乳虎的做英雄，都是这个意思。女子彻底解放以后，将来的文化要由女子来领导，一切都以妇女为表率，为模范，为中心。

我们不反对女子中看又中用，但最要紧的还是中用

妇女的解放，并不是个人的努力所能成功的，必须从整个社会下手，拆下旧房屋，再按照新计划去盖造，使成为没有阶级，没有主奴关系的社会。历史照螺旋形发展，从当初开始有奴隶的社会到今天刚好绕了一圈，现在又要到没有奴隶的社会了，这并不是进化，不过这得有理想，有魄力才能改变到一个新社会。三千年来的历史全错了，要是有一点地方对的，也是偶然碰上了而已。我的这种想法也许有点大胆，有点浪漫；但在有些地方——譬如苏联，已经试验成功了。台维斯的《出使莫斯科记》里说：“美国的女子中看不中用，苏联的女子中用不中看。”苏联的女子就是从母性出发的真女性，是实际有用的，并不是供人看看的花瓶。当然我们不反对女子中看又中用，但最要紧的还是中用，倘

以中看为标准而做去，充其量，只是表现出妓性。还有《延安一月》的作者告诉我们延安的妇女已不像女性，也就是说延安的妇女是真正的解放了，已不再是奴隶了。现在既有具体的，试验成功的榜样供大家学习，为什么还躲在这社会里呻吟而逃避呢？毕竟妇女解放问题被提出了，热烈地展开讨论了，表示妇女解放的条件已成熟，离真正解放的日子也不远了，一旦妇女真正解放，文化也就变成新的，文学艺术各部门都要以新姿态出现了！

人民的世纪

——今天只有“人民至上”才是正确的口号

廿六年的光阴似乎白费了。今年我们这样热烈的迎接“五四”，证明我们还需要它，不，我们今天需要的，是一个当年更坚强，更结实的“五四”，因为，很简单，今天的局面更严重了。

在说明这一点前，有一个观念得先弄弄明白，那便是多年来人们听惯了那个响亮的口号“国家至上”，国家究竟是什么？今天不又有人说是“人民的世纪”吗？假如国家不能替人民谋一点利益，便失去了它的意义，老实说，国家有时候是特权阶级用以巩固并扩大他们的特权的机构。假如根本没有人民，就用不着土地，也就用不着主权。只有土地和主权都属于人民时，才讲得上国家，今天只有“人民至上”，才是正确的口号。

知道国家并不等于人民，知道国家与人民的对立，才好进而比较今天和二十六年前的中国。

二十六年前的中国，国家蒙受绝大的耻辱，人民的地位却暂时提高了。第一次世界大战中袁世凯和日本帝国主义签订的二十一条，是国家主权的重大损失，中国一心想趁巴黎和会的机缘把它收回，而终归失败，这对国家是直接的损失，对人民，老实说，并没有多大影响，而因了欧洲发生战事，帝国资本主义暂时退出，中国民族工业却侥幸的得着一个繁荣机会，这对于人民的经济生活，倒是有一点实惠。今天情形和二十六年前，恰好是个反比例，国家在四强之一的交椅上，总算出了从来没有出过的风头，人民则过着比战前水准更低的生活。英美不但将治外法权自动取消，而且看样子美国还要非替中国收复失地不可，八年抗战，中国国家的收获不能算少，然而于人民何所有？老百姓的负担加重了，农民的生活尤其惨，国家所损失的已经取偿于人民，万一一块块的土地和人民赖以生存的物资连同人民一块儿丢给敌人，于国家似乎也无关痛痒，今天我才明白，所谓中国愈战愈强，大概强的是国家而不包括人民。

二十六年前，我们的国家还不大明白主权之所属，所以还不惜拿一大堆关系自己命脉的主权去为一个人换一顶过时的，褪色而戴起来并不舒服的皇冕，结果那人皇冕没有戴上，国家的主权已经失了，若不是人民起来一把拦住，还差点在卖身契上亲自打下手印，当然人民之所以这样做，当然以为主权还有着自己很大的分儿，所以实际上，那回是人民帮了国家一个大忙。虽则国家和人民都不知道。

经过二十六年的学习与锻炼，国家聪明了，它知道主权之可贵，所以对既失的主权，想尽方法向帝国主义索回，一方面对于未失去的主权，尽量从人民手里集中到自己手里来，有时它还会使点权衡，牺牲点尚未集中的主权给邻居，这是因为除非是集中了主权不能算是它自己的主权，它当然也知道向人民不断的保证：凡是主权都是人民的，叫人民献出一切，缩紧腰带，拼了老命，捍卫了国家，自己却一无所得，连原有难以维持的生活的那点，都要丢光，这样，目前的国家和人民便对立起来了。

然而二十六年的光阴对人民也不能说是完全白费。至少，人民学了不少的乖，“上一回学，当一回乖”，人民永远是上当的，所以人民永远是进步的。

进一步的认识便是进一步的力量，所以今天我们期待着的“五四”是一个比二十六年前更坚强更结实的“五四”，我们要争取民主的国家，因为这是一个人民的世纪呀！

兽·人·鬼

刽子手们这次杰作，我们不忍再描述了，其残酷的程度，我们无以名之，只好名之曰兽行，或超兽行。但既已认清了是兽行，似乎也就不必再用人类的道理和它费口舌了。甚至用人类的义愤和它生气，也是多余的，反正我们要记得，人兽是不两立的，而我们也深信，最后胜利必属于人！

胜利的道路自然是曲折的，不过有时也实在曲折得可笑。下面的寓言正代表着目前一部分人所走的道路。

村子附近发现了虎，孩子们凭着一股锐气，和虎搏斗了一场，结果遭牺牲了，于是成人们之间便发生了这样一串纷歧的议论：

——立即发动全村的人手去打虎。

——在打虎的方法没有布置周密时，劝孩子们暂时勿离村，以免受害。

——已经劝阻过了，他们不听，死了活该。

——咱们自己赶紧别提打虎了，免得鼓励了孩子们去冒险。

——虎在深山中，你不惹它，它怎么会惹你？

——是呀！虎本无罪，祸是喊打虎的人闯的。

——虎是越打越凶的，谁愿意打谁打好了，反正我是不去的。

议论发展下去是没完的，而且有的离奇到不可想象。当然这里只限于人——善良的人的议论。至于那“为虎作伥”的鬼的想法，就不必去揣测了。但愿世上真没有鬼，然而我真担心，人既是这样的善良，万一有鬼，是多么容易受愚弄啊！

时代的鼓手

——读田间的诗

鼓——这种韵律的乐器，是一切乐器的祖宗，也是一切乐器中之王。音乐不能离韵律而存在，它便也不能离鼓的作用而存在。鼓象征了音乐的生命。

提起鼓，我们便想到了一串形容词：整肃，庄严，雄壮，刚毅和粗暴，急躁，阴郁，深沉……鼓是男性的，原始男性的，它蕴藏着整个原始男性的神秘。它是最原始的乐器，也是最原始的生命情调的喘息。

如其鼓的声律是音乐的生命，鼓的情绪便是生命的音乐。音乐不能离鼓的声律而存在，生命也不能离鼓的情绪而存在。

诗与乐一向是平行发展着的。正如从敲击乐器到管弦乐器是韵律的音乐发展到旋律的音乐，从三四言到五七言也是韵律的诗发展到旋律的诗。音乐也好，诗也好，就声律说，这是进步。可痛惜的是，声律进步的代价是情绪的萎顿。在诗里，一如在音乐里，从此以后以管弦的情绪代替了鼓的情绪，结果都是“靡靡之音”。这感觉的愈趋细致，乃是感情愈趋脆弱的表征，而脆弱的感情不也就是生命疲困，甚或衰竭的朕兆吗？二千年来古旧的历史，说来太冗长。单说新诗的历史，打头不是没有一阵朴质而健康的鼓的声律与情绪，接着依然是“靡靡之音”的传统，在舶来品的商标的伪装之下，支配了不少的年月。疲困与衰竭的半音，似乎比历史上任何时期都变本加厉了的风行着。那是宿命，是历史发展的必然阶段吗？也许。但谁又叫新生与震奋的时代来得那样突然！箫声，琴声，（甚至是无弦琴）自然配合不上流血与流汗的工作。于是忙乱中，新派，旧派，人人都设法拖出一面鼓来，你可以想象一片潮湿而发霉的声响，在那壮烈的场面中，显得如何的滑稽！它给你的印象仍然是疲困与衰竭。它不是激励，而是揶揄，侮蔑这战争。

于是，忽然碰到这样的声响，你便不免吃一惊：

“多一颗粮食，
就多一颗消灭敌人的枪弹！”

听到吗
这是好话哩！

听到吗
我们
要赶快鼓励自己的心
到地里去！

要地里
长出麦子；

要地里
长出小米；

拿这东西
　当作
　持久战的武器。

（多一些！
多一些！）

多点粮食，
就多点胜利。

——田间：《多一些》

这里没有“弦外之音”，没有“绕梁三日”的余韵，没有半音，没有玩任何“花头”，只是一句句朴质，干脆，真诚的话，（多么有斤两的话！）简短而坚实的句子，就是一声声的“鼓点”，单调，但是响亮而沉重，打入你耳中，打在你心上。你说这不是诗，因为你的耳朵太熟悉于“弦外之音”……那一套，你的耳朵太细了。

你看，——
他们的
仇恨的
力，
他们的

仇恨的
血.
他们的
仇恨的
歌,
握在
手里。
握在
手里,
要洒出来……
几十个,
很响地
——在一块;
几十个
达达地,
——在一块;
回旋……
狂蹈……
耸起的
筋骨
凸出的
皮肉,
挑负着
——种族的
疯狂
种族的

咆哮！……

——田间：《人民的舞》

这里便不只鼓的声律，还有鼓的情绪。这是鞌之战中晋解张用他那流着鲜血的手，抢过主帅手中的槌来擂出的鼓声，是弥衡那喷着怒火的“渔阳掺挝”，甚至是，如诗人 Robert Lindsey 在《刚果》中，剧作家 Eugene ONeil 在《琼斯皇帝》中所描写的，那非洲土人的原始的鼓，疯狂，野蛮，爆炸着生命的热与力。

这些都不算成功的诗。（据一位懂诗的朋友说，作者还有较成功的诗，可惜我没见到。）但它所成就的那点，却是诗的先决条件——那便是生活欲，积极的，绝对的生活欲。它摆脱了一切诗艺的传统手法，不排解，也不粉饰，不抚慰，也不麻醉，它不是那捧着你在幻想中上升的迷魂音乐。它只是一片沉着的鼓声，鼓舞你爱，鼓动你恨，鼓励你活着，用最高限度的热与力活着，在这大地上。

当这民族历史行程的大拐弯中，我们得一鼓作气来渡过危机，完成大业。这是一个需要鼓手的时代，让我们期待着更多的“时代的鼓手”出现。至于琴师，乃是第二步的需要，而且目前我们有的是绝妙的琴师。

艾青和田间

这是闻一多先生在去年昆明的诗人节纪念会上的讲演，在这讲演之前，两位联大的同学朗诵了艾青的《向太阳》和田间的《自由向我们来了》，《给战斗者》，听众们都很激动，接下来，闻先生说：

一切的价值都在比较上，看出来。

（他念了一首赵令仪的诗，说：）

这诗里是什么山茶花啦，胸脯啦，这一套讽刺战斗，粉刷战斗的东西，这首描写战争的诗，是歪曲战争，是反战，是把战争的情绪变转，缩小。这也正是常任侠先生所说的鸳鸯蝴蝶派。（笑）

几乎每个在座的人都是鸳鸯蝴蝶派。（笑）我当年选新诗，选上了这一首，我也是鸳鸯蝴蝶派。（大笑）

艾青当然比这好。也表现人民及战争，用我们知识分子最心爱的，崇拜的东西与装饰，去理想化。如《向太阳》这首诗里面，他用浪漫的幻想，给现实镀上金，但对赤裸裸的现实，他还爱得不够。我们以为好的东西的里面，往往也有坏的东西。

如在太阳底下死，是 Sentimetal 的，是感伤的，我们以为是诗的东西都是那个味儿。（笑）

我们的毛病在于眼泪啦，死啦。用心是好的，要把现实装扮出来，引诱我们认识它，爱它，却也因此把自己的狐狸尾巴露出来了。

这一些，田间就少了，因此我们也就不大能欣赏。

胡风评田间是第一个抛弃了知识分子灵魂的战争诗人，民众诗人。他没有那一套泪和死。但我们，这一套还留得很多，比艾青更多。我们能欣赏艾青，不能欣赏田间，因为我们跑不了那么快。今天需要艾青是为了教育我们进到田间，明天的诗人。但田间的知识分子气，胡风说抛弃了，我看也没有完全抛弃。如“自由向我们来了”，为什么我们不向自由去呢？艾青说“太阳滚向我们”，为什么我们不滚向太阳呢？（笑，鼓掌）

艾青的《北方》写乞丐，田间的一首诗写新型的女人，因为田间已是新世界中的一个诗人。我们不能怪我们不欣赏田间：因为我们生在旧社会中。我们只看到乞丐，新型的女人我们没有看到过。

有人谩骂田间，只是他们无知。

关于艾青、田间的话很多，时间短，讲到这儿为止。

民盟的性质和作风

诸位来宾，今天承诸位光临，给我这个机会，以一个政治团体代表之一的资格向诸位领教。这给予我个人的感觉，除了光荣之外，还有无限的感慨与兴奋。此刻我的心事真是千头万绪，但为了避免浪费诸位的宝贵时间起见，我还是把我的话头尽量限制在少数的几点上谈罢。

首先，我要向诸位说明的，是无党无派在中国民主同盟中的地位。刚才李公朴先生向诸位报告过，今天我们百分之八十的盟员是无党无派，但是他还忘记了同样重要的一点，那便是我们最高的领导人张表方老先生也是一个无党无派。在上最高的领导人，在下绝大多数的群众，都是无党无派，这现象说明着，到了今天无党无派确乎是民主同盟的主要力量。而在将来我们组织的发展中，无党无派盟员的数量一定更加扩大，无限度的扩大，所以，无党无派在我们内部，又不只是今天起着决定作用，而且恐怕永远要起着决定作用。

这是一件有味的事，对内我们是无党无派，而对外我们又是有党有派。无党无派，因为我们昨天不问政治，有党有派，因为我们今天在问着政治。从不问政治到问政治，从无党无派到有党有派，这一转变，从客观环境说，是时代的逼迫，从主观认识说，是思想的觉悟，我们觉悟了我们昨天那种严守中立，不闻不问的超然态度，不是受人欺骗，便是自欺欺人。昨天如果我们是因为被人捧为超然的学者专家，超然起来的，那么我们今天确是觉悟了，知道那种捧是不怀好意的灌米汤，因为只有我们超然，老爷们才更敢放手干他们那套卑鄙的吃人勾当。如果我们昨天的超然，是掩饰自身的怯懦，无能和自私自利的美丽的幌子，那便是比自己干着吃人勾当更为卑鄙的卑鄙行为，我们今天更应该忏悔。好了，不管昨天怎样，我们今天总算醒了，我们也不讳言我们为自己今天的觉醒而骄傲。

今天我们再不是袖手旁观或装聋作哑的消极的中立者了，今天我们要站出来，做活动于两极之间的积极的中间人。但是所谓中间人并不是等于无原则的和事佬。我们要明是非，辨真伪，要以民主为准绳来做两极之间的公断人。我们除了牢不可破的对民主的信念以外，没有任何成见。为什么我们不能有成见呢？因为我们绝大多数是有党有派中的无党无派，因此我们的党派，在本质上，便带着某种程度的无党无派性。你也可以说，我们是今天各党各派中最富于无党派性的一个党派，或是说，最无党派成见的一个党派。不是说我们昨天还是不问政治的无党无派，今天问政治了，才变成有党有派的吗？我们固然“觉今是而昨非，”但也正因我们一向是不问政治的无党派，所以今天问起政治来，只有政治的主张，而无党派成见。惟其无党派无成见，所以我们愿意不惮烦难的在两极之间做中间人，而不打算排斥任何一个。惟其有政治主张，所以我们不能做无原则性的和事佬，而要在两极之间，做个明是非，辩真伪的公断人。

以上我从无党无派在同盟中的重要性，证明了同盟本质上的中间性。不用说，中间是从两极生出的，两极的存在是中间的存在的先决条件，所以说到同盟的中间性，同时就说明了民主同盟是国共两党的小兄弟。小兄弟年纪轻，不免情急一点，并且“新生之犊不畏虎，”自然也就显得火气大而嘴头硬。但是完全因为年纪轻，那也不尽然，我们实在还有一个更正大的理由使自己有恃而无恐。老实说，我们一个光杆，既没有武力，又没有政权，而我们偏要说话，嘴头再不硬点，还中什么用呢？而且，还要记得，也正因我们是这样一个光杆，我们才可以硬，值得硬啊！谁都知道，我们民主同盟没有武力，也不要武力，所以谈到政治来，我们的脚跟是比任何人都站得稳些的，脚跟站稳，自然说话也就响亮了。同时因为只是动口不动手，这手也便可以随时伸出来给你看的。

所以，我们的和平的手段又天然的决定了我们公开的态度。手段必需和平，态度必然公开。这里讲起来自然话多得很，但我们今天无需在此地讲它。我今天要说明的，倒是我们所以要这样做，一半也是由于自己的积习。大家知道，我们多数人是从事教育文化工作的，而和平不正是教育的手段，公开不正是教育的态度吗？如果承认暴力和欺骗正是教育的敌人，那么，我们多数人干了一辈子教育工作，便证明我们的生活记录上不可能有半点使用过暴力和欺骗的污点，而今后我们的政治活动中，也不可能有那一套。老实说，我们就是抱这样一个傻念头从事政治的，那便是，用教育的手段和教育态度来改造政治，把整个国家社会变成一个学校，我们相信政治本来就应该照我们这样做，不照我们这样做的政治，本来就不应该存在。我们相信，不应该存在的政治，只要我们决心不许它存在，它早晚就得消灭。除了我们不管，我们管了，一切就必然服从我们。我们对这一套，因为有了科学的认识，所以有着宗教的信心。

我刚才讲同盟中间性的时候，曾说到中间是从左右两极生出的，更具体的就左右两极与中间发展的程序说，其实是因先有右，而后有左，既有左右，便自然有了中间。用古代哲学家的话，这正是“一生二，二生三”的发展程序。但是从一发展到三便是总结，从四以下以至无尽数，都不过是一或二或三的重复和再重复。近来报上常常把民主同盟，青年党和无党无派的社会贤达总称为第三方面，而其间的主干显然是民主同盟。这就说明了，民主同盟是最第三性的第三方面，也可以说中间的中坚。因此我们可以肯定，凡是真正第三性的党派或个人必与我们合作，不与我们合作的必非真第三性，或者只有在与我们合作的期间，一个党派或个人才配成为第三性，一旦停止与我们合作便立刻失却它成为它的第三性的资格了。反过来的也是很明白的，凡是我们愿与之合作的，也必然真是属于第三性的，否则必是由第一或第二性假冒的第三性。

最后，特别要请诸位注意的是，当我们承认自己是第三的时候，我们同时也就承认了第一第二，当我们承认自己是中间的时候，我们同时也就承认了左右两极，因为有第一第二，才可能有第三，有了左右两极，才可能有中间，换言之，我们必需要先承认了别人然后才承认自己。我们是待他而后存的，所以我们不可能是排他的，和独占的，我们知道排他和独占就是毁灭我们自己。正如今天任何一个中国的政党，如果是排他和独占，我们深信都要归于毁灭一样。因此，我们对于旁人的批评，不管如何严厉，目的总是要成全他，以便与他合作。我们既批评别人，当然也不拒绝别人的批评，但是污蔑毁谤和造谣中伤，我们是不受的。谁要使用这样的手段，谁便犯了排他和独占的嫌疑，而排他和独占是我们坚决反对的，总之，我们的目标是合作，自然与一二两个大党合作，同时也要一与二彼此互相合作。我们民主同盟自身便是一个各党各派与无党无派共同合作的榜样，我们愿把我们内部合作的精神和经验，贡献给全国的各党各派，来共同完成和平民主团结的新中国的建设。我们个人间平时很少有见面的机会，一则因为大家都忙于职务，难得抽身，二则也因为我们这些作为一个政治团体的代表人，明珠不能暗投，总有机会和诸位个别的见面，也不愿说到政治。今天承诸位光临，得到和诸位见面的机会，感谢之余，就让我们趁此正式的，公开的向诸位伸出我们这只手吧！请诸位认清：这是“无缚鸡之力”的书生的手，不可能也不愿意以威逼人，因此也不受人的威逼，这只“空空如也”穷措大的手，不可能，也不愿意以利诱人，因此也不受人的利诱。你尽可瞧不起它，但是不要怕它，真是，有什么可怕呢？不信，你闻闻，这上面可有一丝一毫血腥味儿？这只拿了一辈子粉笔的手，是可以随时张开给你看的。你瞧，这雪白的一把粉笔灰，正是它的象征色。我再说一句，不要怕，这是一只洁白的手啊！然而也不可以太小看了它。更当许许多多这样的手团结起来，它可以团结很多很多的手，无数的拿锄头的手，开马达的手，打算盘的手，拉洋车的手，乃至缝衣煮饭，扫地擦桌子的手……到那时，你自然会惊讶于这只手的神通，因为它终于扭转了历史，创造了奇迹。

你说这是空想，是梦话吗？不，不，一点也不是。假设今天每一个中国人都非入一个政党不可，而这一个党又是可以按各人自己的意愿，毫不受拘束的来选择的，那么大家不妨想想看，在今天三大政党中，绝大多数的中国人会选择那一个？让我胆大的说一句吧：中国民主同盟！你说这又是空想，是梦话，如果那个假设真能成立，你的话也许不错，但是那个假设根本不能成立。我说假设是可以成立的，可以的，因为成立的条件已经具备了。今天客观的情势不是在逼迫着每一个中国人，为他自己生存的条件和生存的权利，不得不加入一个团体来奋斗吗？而且这逼迫不是正在一天天的加紧吗？我们知道我们自己便是这样逼出来的，而我也相信，照这样下去，是会逼到每一个中国人头上来的。今天逼人者似乎已经下定了决心逼着，机构与计划似乎布置得十分充分，所以逼是已经定局了。只看这被逼者投奔的去处，是否有能力收容他们并善用他们的力量。我们中国民主同盟十分明白时代所给与他自己的任务，只是这任务如何完成，一半固然靠我们自身的努力，一半也得靠大家的鼓励和支持，所以我们这只手也是同样向大家伸出的。

“一二·一”运动始末记

自从民国三十三年双十节，昆明各界举行纪念大会，发表国是宣言，提出积极的政治主张，这里的学生，配合着文化界，妇女界，职业界的青年，便开始团结起来，展开热烈的民主运动，不断地喊出全国人民最迫切的要求。各大中学师生关于民主政治的无数次讲演、讨论和各种文艺活动的集会，各界人士许多次对国是的宣言，以及三十三年护国纪念，三十四年“五四”纪念的两次大游行，这些活动和其他后方各大城市的沉默，恰好形成一个鲜明的对照。在这沉默中，谁知道他们对昆明，尤其昆明的学生，怀抱着多少欣羡，寄托着多少期望！

三十四年八月，日本正式投降，全国欢欣鼓舞，以为八年来重重的苦难，从此结束。但是不出两月，便在十月三日，云南省政府突然改组，驻军发生冲突，使无辜的市民饱受惊扰，而且遭遇到并不比一次敌机的空袭更少的死亡。昆明市民的喘息未定，接着全国各地便展开了大规模的内战，人人怀着一颗沉重的心，瞪视着这民族自杀的现象。昆明，被人家欣羡和期望的昆明，怎么办呢？是的，暴风雨是要来的，昆明再不能等了，于是十一月二十五日晚，国立西南联合大学，国立云南大学，私立中法大学，和省立英语专修学校等四校学生自治会，在西南联大新校舍草坪上，召开了反对内战呼吁和平的座谈会，到会者五千余人。似乎反动者也不肯迟疑，在教授们的讲演声中，会场四周，企图威胁到会群众和扰乱会场秩序的机关枪、冲锋枪、小钢炮一齐响了，散会之后，交通又被断绝，数千人在深夜的寒风中踯躅着，抖擞着。昆明愤怒了。

翌日，全市各校学生，在市民普遍的同情与支持之下，相率罢课，表示抗议，并要求当局查办包围学校开枪的军队，撤消事前号称地方党政军联席会议所颁布的禁止集会游行的非法禁令。当局对学生们这些要求的答复是什么呢？除种种造谣诬蔑和企图破坏学生团结的所谓“反罢课委员会”的卑劣阴谋外，便是十一月三十日，特务们的棍子、石头、手枪、刺刀，对全市学生罢课联合委员会宣传队的沿街追打。然而这只是他们进攻的序幕。十二月一日，从上午九时到下午四时，大批的特务和身着制服，佩带符号的军人，携带武器，分批闯入云南大学，中法大学，联大工学院，师范学院，联大附中等五处，捣毁校具，劫掠财物，殴打师生。同时在联大新校舍门前，暴徒们于攻打校门之际，投掷手榴弹一枚，结果南菁中学教员于再先生中弹重伤，当晚十时二十分，在云大医院逝世。同时在联大师范学院，正当铁棍、石头飞舞之中，大批学生已经负伤倒地，又飞来三颗手榴弹，中弹重伤的联大学生李鲁连君，仅只奄奄一息了，又在送往医院的途中，被暴徒拦住，惨遭毒打，遂至登时气绝。奋勇救护受伤同学的联大学生潘琰小姐已经胸部被手榴弹炸伤，手指被弹片削掉，倒地后，腹部上又被猛戳三刀，便于当日下午五时半在云大医院的病榻上，喊着“同学们团结呀!”与世长辞了。昆华工校学生张华昌君，闻变赶来救援联大同学，头部被弹片炸破，右耳满盛着血浆，红色上浮着白色的脑浆，这条仅只十七岁的生命，绵延到当日下午五时在甘美医院也结束了。此外联大学生缪祥烈君，左腿骨炸断，后来医治无效，只好割去，变成残废。总计各校学生受重伤者十一人，轻伤者十四人，联大教授也有多人痛遭殴辱。各处暴徒从肇事逞凶时起，到任务完成后，高呼口号，扬长过市时止，始终未受到任务军警的干涉。

这就是昆明学生的民主运动，和它的最高潮"一二·一"惨案的概略。

"一二·一"是中华民国建国以来最黑暗的一天，但也就在这一天，死难四烈士的血给中华民族打开了一条生路。从这天起，在整整一个月中，作为四烈士灵堂的联大图书馆，几乎每日都挤满了成千成万，扶老携幼的致敬的市民，有的甚至从近郊几十里外赶来朝拜烈士们的遗骸。从这天起，全国各地，乃至海外，通过物质的或精神的种种不同的形式，不断地寄来了人间最深厚的同情和最崇高的敬礼。在这些日子里，昆明成了全国民主运动的心脏，从这里吸收着也输送着愤怒的热血的狂潮。从此全国的反内战、争民主的运动，更加热烈的展开，终于在南北各地一连串的血案当中，促成了停止内战，协商团结的新局面。

愿四烈士的血是给新中国的历史写下了最初的一页，愿它已经给民主的中国奠定了永久的基石！如果这愿望不能立即实现的话，那么，就让未死的战士们踏着四烈士的血迹，再继续前进，并且不惜汇成更巨大的血流，直至在它面前，每一个糊涂的人都清醒起来，每一个怯懦的人都勇敢起来，每一个疲乏的人都振作起来，而每一个反动者都战栗的倒下去！

四烈士的血不会是白流的。

最后一次的讲演

（在云大至公堂李公朴夫人报告李先生死难经过大会上的讲演）

这几天，大家晓得，在昆明出现了历史上最卑劣最无耻的事情！李先生究竟犯了什么罪，竟遭此毒手？他只不过用笔写写文章，用嘴说说话，而他所写的，所说的，都无非是一个没有失掉良心的中国人的话！大家都有一枝笔，有一张嘴，有什么理由拿出来讲啊！有事实拿出来说啊！（闻先生声音激动了）为什么要打要杀，而且又不敢光明正大的来打来杀，而偷偷摸摸的来暗杀！（鼓掌）这成什么话？（鼓掌）

今天，这里有没有特务？你站出来！是好汉的站出来！你出来讲！凭什么要杀死李先生？（厉声，热烈的鼓掌）杀死了人，又不敢承认，还要诬蔑人，说什么“桃色案件”，说什么共产党杀共产党，无耻啊！无耻啊！（热烈的鼓掌）这是某集团的无耻，恰是李先生的光荣！李先生在昆明被暗杀，是李先生留给昆明的光荣！也是昆明人的光荣！（鼓掌）

去年“一二·一”昆明青年学生为了反对内战，遭受屠杀，那算是青年的一代献出了他们最宝贵的生命！现在李先生为了争取民主和平而遭受了反动派的暗杀，我们骄傲一点说，这算是像我这样大年纪的一代，我们的老战友，献出了最宝贵的生命！这两桩事发生在昆明，这算是昆明无限的光荣！（热烈的鼓掌）

反动派暗杀李先生的消息传出以后，大家听了都悲愤痛恨。我心里想，这些无耻的东西，不知他们是怎么想法？他们的心理是什么状态？他们的心怎样长的？（捶击桌子）其实简单，（低沉渐高）他们这样疯狂的来制造恐怖，正是他们自己在慌啊！在害怕啊！所以他们制造恐怖，其实是他们自己在恐怖啊！特务们，你们想想，你们还有几天？你们完了，快完了！你们以为打伤几个，杀死几个就可以了事，就可以把人民吓倒了吗？其实广大的人民是打不尽的，杀不完的！要是这样可以的话，世界上早没有人了。

你们杀死一个李公朴，会有千百万个李公朴站起来！你们将失去千百万的人民！你们看着我们人少，没有力量。告诉你们，我们的力量大得很！强得很！看今天来的这些人都是我们的人，都是我们的力量！此外还有广大的市民！我们有这个信心：人民的力量是要胜利的，真理是永远存在的，历史上没有一个反人民的势力不被人民毁灭的！希特勒，墨索里尼，不都在人民之前倒下去了吗？翻开历史看看，你们还站得住几天！你们完了，快完了！我们的光明就要出现了。我们看，光明就在我们眼前，而现在正是黎明之前那个最黑暗的时候。我们有力量打破这个黑暗，争到光明！我们的光明，就是反动派的末日！（热烈的鼓掌）

李先生的血，不会白流的！李先生赔上了这条性命，我们要换来一个代价。“一二·一”四烈士倒下了，年青的战士们的血，换来了政治协商会议的召开，现在李先生倒下了，他的血要换取

政协会议的重开！（热烈的鼓掌）我们有这个信心！（鼓掌）

“一二·一”是昆明的光荣，是云南人民的光荣。云南有光荣的历史，远的如护国，这不用说了，近的如“一二·一”，都是属于云南人民的，我们要发扬云南光荣的历史！（听众表示接受）

反动派挑拨离间，卑鄙无耻，你们看见联大走了，学生放暑假了，便以为我们没有力量了吗？特务们！你们错了！你们看见今天到会的一千多青年，又握起手来了，我们昆明的青年决不会让你们这样蛮横下去的！

反动派，你看见一个倒下去，可也看得见千百个继起的！

正义是杀不完的，因为真理永远存在！（鼓掌）

历史赋予昆明的任务是争取民主和平，我们昆明的青年必须完成这任务！

我们不怕死，我们有牺牲的精神！我们随时像李先生一样，前脚跨出大门，后脚就不准备再跨进大门！（长时间热烈的鼓掌）